À PROPOS DE L'AUTEUR

Natalie Anderson est une romancière Harlequin réputée pour ses romances aussi drôle que pétillantes. Plusieurs fois classée parmi les auteurs les mieux vendus de *USA Today*, elle n'a de cesse de se révinventer à travers des histoires d'amour qui savent toucher le plus grand nombre.

Attrape-moi… si tu l’oses !

NATALIE ANDERSON

Attrape-moi… ti tu l'oses !

Traduction française de

JEAN-BAPTISTE ANDRÉ

HARLEQUIN

Titre original :
DATING AND OTHER DANGERS

Ce roman a déjà été publié en 2015

HARPERCOLLINS FRANCE
83-85, boulevard Vincent-Auriol, 75646 PARIS CEDEX 13
Service Lectrices — Tél. : 01 45 82 47 47

www.harlequin.fr

ISBN 978-2-2804-2924-5

Chapitre 1

www.1FemmeAvertie.com

Ne vous laissez plus marcher dessus !

Marre des don Juan de pacotille ? Vérifiez que votre dernier coup de cœur ne fait pas partie de notre liste noire ! Et profitez au passage de nos conseils de séduction…

1FemmeAvertie - Sujet n° 1862 : 3 Rencards et Bye-Bye

DameCafeine - *posté à 15 : 49*

Ethan Rush est un salaud de première. Il est canon et il le sait. Il a l'air spontané, mais chez lui tout est calculé. Il vous emmène dîner dans un endroit qui en jette, vous complimente à vous faire perdre la tête et vous fait l'amour comme un dieu. Vous avez à peine atterri qu'il vous jette comme un vieux mouchoir ! Pas d'explication, juste un petit mot du style « c'était fun ». Le lendemain, vous le croisez avec une autre fille :

ce type ne perd pas son temps. Attention, serial lover. Si vous tombez dans le panneau, trois rencards avec lui et c'est la porte.

MinnieM - *posté à 18 : 23*

MDR je suis sortie avec lui et c'est vrai, il vous balance après deux ou trois rendez-vous galants. Vous passez du septième ciel au fond du trou. Un vrai enfoiré, méfiez-vous.

Bella-262 - *posté à 21 : 38*

Il m'a invitée dans ce superrestaurant, c'était la plus belle soirée de ma vie. Qu'est-ce qui peut bien se passer dans sa tête ? Vous n'avez pas le temps de comprendre ce qui vous arrive que c'est « ciao, à la prochaine ». Je crois qu'il essaie juste de battre un record. J'étais raide dingue de lui. Je me sens complètement idiote.

DameCafeine - *posté à 07 : 31*

@Bella : il a eu ce qu'il voulait, il est passé à autre chose. C'est un séducteur-né, tu tombes amoureuse et il te plante sans une explication. Le résultat, c'est que tu te remets en cause, tu te demandes ce que tu as pu faire de mal.

MinnieM - *posté à 9 : 46*

Je me demande toujours pourquoi il a cessé de m'appeler. Je croyais qu'il y avait vraiment quelque chose entre nous. J'ai eu droit à un bouquet sublime. Tu parles, comme si ça changeait quelque chose !

DameCafeine - *posté à 10 : 22*

Ah, toi aussi, tu as reçu des fleurs ? Ça doit être sa signature, alors. Je parie qu'on n'est pas les seules. Eh, les filles, c'est lui qui a un problème, pas nous. Ne vous laissez plus avoir par son numéro de charme.

Ethan Rush sentit sa peau se hérisser sous son jean et son T-shirt. Une bouffée de chaleur l'envahit à la lecture du forum, vite remplacée par une crise de sueurs froides. Il avait d'abord cru que le lien que sa sœur lui avait envoyé ouvrirait une vidéo ou une photo comique, comme d'habitude.

Mais le site sur lequel il était tombé n'avait rien de comique. Au contraire, son contenu était à s'étrangler sur place.

Furieux, « 3 Rencards et Bye-Bye » décrocha son téléphone.

— Polly, fit-il sitôt que sa sœur décrocha, dis-moi que c'est une blague.

— Désolée... mais non.

A sa voix, sa sœur paraissait mi-navrée, mi-amusée.

— Tu es une cybercélébrité ! renchérit-elle.

— Je ne me sers pas des femmes ! lui répliqua Ethan, sur la défensive.

Comme sa sœur ne répondait rien, il ajouta :

— Ou alors, autant qu'elles se servent de moi. Je me suis toujours montré généreux, je les emmène dans les meilleurs restaurants, tout le monde est content.

— Il faut croire que non, Ethan. Elles ont raison : tu ne sors jamais plus de trois fois d'affilée avec la même. Et tu n'es pas connu pour ton abstinence. Tu en as toujours une à ton bras.

— Et alors ? Je ne vois pas où est le problème.

— Le problème, c'est qu'il n'y a qu'une seule chose qui t'intéresse.

Ethan se rembrunit, piqué au vif. Il aimait la compagnie des femmes, d'accord, mais ça ne faisait pas de lui un satyre pour autant !

— Tu te trompes. Je ne couche pas systématiquement avec une fille sous prétexte que nous sortons ensemble.

Un silence incrédule lui répondit. *Génial.* Sa propre sœur ne le croyait pas. Il fixa l'écran de son ordinateur avec un regain d'irritation — comment ces filles pouvaient-elles déverser tout ce fiel sur lui ?

— Ne me dis pas que tu es d'accord avec ce que tu lis, quand même ! Les gens peuvent raconter ce qu'ils veulent sur le Net. Qui vérifie ?

— Le coup des fleurs, je suis bien placée pour savoir que c'est vrai.

Ethan grimaça. Evidemment, Polly était sa fleuriste attitrée...

— Ça ne veut pas dire que le reste l'est aussi.

De nouveau, sa sœur garda le silence. C'était stupide, mais la réaction de Polly le blessait, un peu comme lorsqu'une microscopique coupure à cause d'une feuille de papier vous fait monter les larmes aux yeux. Il fixa avec agacement le logo ridicule et coloré du site.

— Qui est derrière ce forum ? Quel genre de personne a pu concevoir un site pareil ? Il est ouvertement destiné à des femmes frustrées, contentes d'y déverser leur trop-plein d'amertume.

Une femme dédaignée était capable du pire, il le savait, et celle-ci devait en avoir gros sur la patate. Elle vendait même des T-shirts au logo de son site, histoire de pouvoir faire de l'argent sur le dos des frustrées qui le fréquentaient !

— Laisse couler, Ethan, fit sa sœur, sans doute pour calmer le jeu. Je n'aurais pas dû t'envoyer ce lien.

Puis elle tenta une manœuvre de diversion.

— Tu viens au baptême ? Seul ?

— Oui, grommela Ethan. Comme ça, je servirai de tampon entre maman et la dernière en date de papa. Mais tu as eu raison de m'envoyer ce lien. Ton seul tort, c'est de croire tout ce que tu lis.

Les yeux rivés à l'écran, il cliqua sur deux nouveaux messages, et là il se mit carrément à bouillir de colère. Il n'était qu'un nom parmi une liste peu reluisante de bras cassés, de menteurs et d'arnaqueurs à la petite semaine. A moins que les accusations vis-à-vis de ces types ne soient complètement inventées elles aussi ? Il y avait de quoi être sceptique, vu que les griefs à son égard étaient de pures affabulations. Sa fureur monta encore d'un cran.

— C'est de la diffamation pure et simple. Je suis pour la neutralité du Net, mais ce forum n'est qu'un ramassis de mensonges.

Non, rien de tout cela n'avait de sens. Ce qu'il lisait pouvait nuire à tous ceux dont les noms étaient cités. C'était même potentiellement dangereux. Un tel site n'aurait même pas dû exister. Quelqu'un devait agir avant qu'un pauvre type ne perde son boulot ou pire, tout ça à cause d'une bande de harpies décidées à salir son nom.

Ethan crispa la mâchoire. Quelque part, quelqu'un voulait la guerre. Très bien. Il ne refusait jamais un défi.

Et, quand on lui donnait un coup, il le rendait.

Nadia parcourut sa messagerie, les yeux brûlants. Elle avait eu la mauvaise idée de passer la nuit à modérer son forum. Elle avait également essayé de mettre son blog à jour mais elle avait fini par renoncer. A 3 heures du matin, difficile de se montrer inspirée ! Son site avait connu un succès inattendu — ce qui était fabuleux — mais elle commençait à avoir du mal à se concentrer sur son véritable job. Malheureusement, c'était le job en question qui payait les factures. C'était aussi grâce à lui qu'elle gagnerait l'estime et le genre de vie auxquels elle avait toujours aspiré. Elle n'avait donc pas l'intention de tout gâcher.

Lasse, elle ferma les yeux et prit une profonde inspiration. Elle était passée au club de gym, en chemin pour le bureau, mais elle n'avait pas eu sa dose habituelle d'endorphines. Il allait lui falloir un autre stimulant si elle voulait survivre aux huit prochaines heures. Mais, avant qu'elle puisse faire un raid sur le distributeur automatique pour y choisir un délicieux snack — sucré, industriel, débordant de calories et de colorants —, son téléphone sonna.

— Nadia ? J'ai un monsieur à la réception qui souhaite te voir.

La voix de Steffi, la réceptionniste, était étonnamment enjouée. Sourcils froncés, Nadia consulta son agenda. Elle disposait d'une heure avant son premier rendez-vous de la journée.

— Pour moi ? Tu es sûre ?

— Oui. Il insiste. Il veut te voir en personne.

En personne ? Nadia fit la grimace. Elle en doutait fort. Steffi lui refourguait à coup sûr un candidat à l'embauche dont elle n'arrivait pas à se débarrasser. Beaucoup voulaient travailler chez Hammond Insurance, elle était bien placée pour le savoir : elle avait fait des pieds et des mains pour y entrer.

— Il est très insistant. Dois-je le faire monter ?

A présent, Nadia n'en doutait plus : Steffi lui refilait un cas social dont elle ne savait quoi faire. Avec un soupir, elle capitula.

— C'est bon. Salle n° 5 dans trois minutes.

— Fantastique ! gloussa Steffi.

Intriguée, Nadia baissa la voix et murmura dans le combiné :

— Stef, tu es sûre que tout va bien ?

— Mais oui, pourquoi ?

— Tu as l'air un peu... crispée.

— Oh non ! se récria Steffi d'un ton un peu trop aigu. Je vais bien ! Très bien, même !

Mouais. Nadia raccrocha, dubitative. S'éloigner un peu de son écran d'ordinateur ne lui ferait pas de mal. Elle s'arma d'un pack de recrutement et se dirigea vers les salles de réunion.

S'il s'agissait d'un demandeur d'emploi, Steffi aurait dû lui donner un dossier elle-même. Mais certains visiteurs se montraient extrêmement insistants et ne se satisfaisaient pas de parler à une réceptionniste. Oh ! et, après tout, pourquoi s'en faire ? décida Nadia. C'était une bonne occasion de traîner un peu des pieds avant de commencer sa journée de travail. Elle passerait au distributeur automatique une fois son rendez-vous terminé.

Elle s'installa dans la pièce et, pour patienter, ouvrit le dossier. Elle se prépara mentalement à faire son laïus habituel sur les merveilleuses opportunités offertes par une entreprise à l'histoire aussi riche que celle de Hammond, sans pour autant susciter un espoir exagéré chez le candidat. Hammond ne prenait que les meilleurs, la crème de la crème. Et, une fois dans la place, il fallait travailler dur pour y rester. Quatre-vingt-dix pour cent des postulants ne passaient même pas la première étape de la sélection.

Elle redressa la tête en voyant Steffi apparaître dans l'encadrement. La réceptionniste souriait d'un air un peu ahuri, comme si elle venait de boire plusieurs coupes de champagne d'une traite. Elle se retourna pour s'adresser d'une voix un peu trop forte à la personne qui la suivait.

— Et voilà, nous y sommes !

Puis elle fit un pas de côté pour laisser passer l'homme qui l'accompagnait.

Arrêt sur image. *Waouh*. Nadia cligna des yeux — et espéra que sa mâchoire n'avait pas touché le sol. Elle s'était attendue à un jeune diplômé mal dans sa peau et couvert d'acné, comme c'était en général le cas. Pas à ce mâle sûr de lui, immense, vêtu d'un costume qui devait coûter trois mois de son salaire. Le costume en question emballait un corps athlétique, et le sourire de l'homme disait qu'il en était tout à fait conscient. Nadia n'avait jamais vu un visage si parfait de sa vie entière, à part peut-être dans des publicités copieusement retouchées. Sauf que ce type avait quelque chose de plus, comme un parfum de danger, que l'on ne voyait jamais dans les publicités en question. Nadia comprenait mieux, maintenant, pourquoi Steffi semblait sur le point de tourner de l'œil. Son propre estomac se noua et elle se trouva incapable d'articuler la moindre formule de bienvenue.

Puis Steffi disparut. Le sourire de l'inconnu aussi.

Un frisson courut sur l'échine de Nadia et elle tenta de recouvrer ses esprits. Elle fit de son mieux pour oublier la beauté de son visiteur et pour réévaluer la situation. Il n'avait pas l'air de quelqu'un qui cherchait un travail. Au contraire, il évoquait plutôt un homme qui avait le monde à ses pieds, et qui pouvait y piocher tout ce qu'il désirait. Ou claquer des doigts pour qu'on lui apporte avec force courbettes sur un plateau d'argent. En même temps, Nadia croyait déceler quelque chose de vaguement menaçant, presque sauvage, derrière cette façade de séduction pure. Quelque chose qu'elle n'était pas sûre de vouloir identifier.

L'homme s'arrêta un instant sur le seuil, après avoir franchi la porte, puis referma doucement le battant. Il n'avait pas quitté Nadia des yeux et elle se rendit soudain compte qu'elle le regardait fixement depuis une longue minute.

Enfin, il se décida à parler.

— Alors comme ça, Nadia Keenan, c'est vous ?

La gorge sèche comme du papier de verre, elle se força à déglutir.

— Ça vous surprend ?

Elle avait répondu d'une voix froide et composée dont elle fut la première surprise. D'un geste affable, elle désigna le siège situé de l'autre côté de la table, face à elle. Elle allait finir par attraper un torticolis à force de lever la tête si son visiteur ne s'asseyait pas. Bien sûr, elle aurait dû se lever pour l'accueillir, mais ses jambes s'étaient transformées en guimauve. Une petite voix lui soufflait que manifester la moindre faiblesse devant un type pareil était une très mauvaise idée.

Il prit enfin place. Malgré sa taille et sa constitution, il se déplaçait avec la grâce d'un félin. De nouveau, Nadia frissonna. C'était de l'appréhension, elle en était sûre. De l'appréhension et autre chose, mais elle n'avait pas envie de savoir quoi.

Comment cet homme connaissait-il son nom et pourquoi l'avait-il demandée en personne ? Car il était clair à présent qu'il était venu pour elle. Pour une raison précise. Que pouvait-il bien vouloir à une simple assistante des ressources humaines ? Son nom ne figurait même pas sur le site de l'entreprise. Alors pourquoi elle ?

Le silence retomba, plombant. Nadia détourna le regard pour se reposer les yeux et tenta de calmer les battements de son cœur. Deux des murs de la pièce étaient faits de verre dont seule la partie inférieure était dépolie, et elle se détendit un peu. N'importe qui pouvait les voir, elle n'avait donc pas de raison de se sentir isolée, ou menacée par cet individu. Elle n'avait pas davantage de raison de respirer comme si l'oxygène manquait.

Elle déglutit de nouveau, puis inspira profondément.

— Que puis-je faire pour v...

— Quelle est la politique de Hammond en matière d'utilisation d'internet ? coupa l'inconnu.

Nadia pinça les lèvres et décala légèrement le pack de recrutement afin de le placer entre eux. Elle évita de le regarder comme elle essayait de recomposer ses pensées.

— J'imagine qu'elle est plutôt sévère, reprit son visiteur sans lui laisser le temps de préparer sa réponse. Après tout, Hammond est une institution très respectable.

— Où voulez-vous en venir, monsieur...

Elle laissa sa phrase en suspens, les yeux toujours rivés sur la table.

— Rush. Ethan Rush, répondit-il avec un flegme digne de James Bond. Mon nom vous dit quelque chose, peut-être ?

— Il devrait ?

— Je crois, oui.

Nadia cligna des yeux et tritura le dossier posé devant elle, histoire de gagner un peu de temps. Le problème, c'était qu'elle était incapable d'aligner deux idées. Elle avait déjà du mal à respirer ! Son cœur s'était remis à battre à un rythme furieux dans sa poitrine. *Poum-poum. Poum-poum.*

— Désolée, monsieur Rush, mais ça ne me dit rien. Vous allez devoir m'expliquer.

— Pourtant, on vous a mise en garde contre moi.

— Ah bon ?

Cette fois, la surprise lui fit redresser la tête et fixer son vis-à-vis. Il avait des yeux étranges, magnétiques, d'une couleur fauve avec des inclusions dorées. Son regard était d'une dureté effrayante.

— Oui. Sur *1FemmeAvertie.* Ce nom vous est-il familier, mademoiselle Keenan ?

Nadia hoqueta de surprise, et des picots d'alarme lui hérissèrent la peau. Tout son corps était devenu ultra-sensible, ses cellules, électrisées par une incroyable quantité d'adrénaline. Elle laissa passer une seconde, puis décida de feindre l'ignorance. Et, si cette stratégie ne marchait pas, eh bien, elle nierait en bloc.

— Je ne comprends pas ce que vous voulez, monsieur Rush.

— Je voulais m'enquérir de la politique de Hammond en matière d'utilisation d'internet, et vous êtes apparemment l'experte maison.

Il paraissait presque avoir grandi dans son siège, même si c'était une idée ridicule. Nadia aurait pourtant juré qu'il occupait un espace de plus en plus grand. Ou alors, c'était elle qui rétrécissait.

— Dites-moi, votre employeur sait-il que vous êtes la webmaster de l'un des sites les plus minables et diffamatoires du Net ?

A ces mots, la gorge de Nadia se contracta. Elle aurait juré qu'un nœud coulant venait de se serrer autour de son cou et l'empêchait de parler.

— Ce ne serait pas très bon pour votre image si vos patrons étaient informés de ce passe-temps, n'est-ce pas ? Il est difficile à tolérer, surtout de la part de la personne chargée de superviser l'usage d'internet dans l'entreprise. C'est un peu l'hôpital qui se moque de la charité, non ?

Nadia crispa la mâchoire, galvanisée. C'était idiot, mais le mot « passe-temps » la vexait.

Ethan Rush, pendant ce temps, avait sorti une feuille de papier de sa poche. Il la déplia lentement, puis la lissa. Nadia n'avait guère besoin de lire le texte qui s'y trouvait. Elle le connaissait — elle en était l'auteur. C'était le règlement interne concernant l'usage d'internet et des réseaux sociaux. Elle l'avait rédigé avant de le faire approuver par le service juridique et par ses supérieurs.

— Ou avez-vous trouvé ça ?

Et surtout, comment l'avait-il trouvée, elle ?

— Il est particulièrement ironique que vous donniez des leçons d'étiquette et de bonne conduite aux autres, alors que vous êtes si vicieuse...

— Une nouvelle fois, que voulez-vous ?

Nadia serrait les poings, luttant contre la panique. Elle brûlait d'envie de partir en courant mais elle s'y refusait. Elle devait comprendre pourquoi il était là. Elle se morigéna donc en silence et se répéta de rester calme. Elle n'avait rien à craindre. Elle ne s'était jamais servie d'un ordinateur de Hammond pour travailler sur son site. Son travail était trop important et, quand elle s'y trouvait, elle s'y consacrait pleinement. Non, elle n'avait rien à se reprocher.

— Qu'en pensez-vous, Nadia ? Que pensez-vous que je veuille ?

— Si je le savais, je ne vous poserais pas la question, répondit-elle avec un haussement d'épaules. A moins que vous ne souhaitiez postuler à un emploi chez Hammond, j'ai bien peur de ne pas pouvoir vous aider.

Il sourit tout en la dévisageant. Adossé à sa chaise, il semblait désormais parfaitement à l'aise, comme si c'était lui qui menait cet entretien. Malgré son arrogance, ou peut-être à cause d'elle, il était d'une beauté à couper le souffle.

Oh, oui, ce genre d'homme était la matière première, la raison d'être, de *1FemmeAvertie*. Il avait dû être dénoncé par d'anciennes conquêtes et son ego en avait souffert. Le pauvre.

Il garda le silence, continuant de la dévisager de ce regard étrange piqué d'éclats de feu. Il la défiait et Nadia décida de l'affronter.

— Vous avez beau faire deux fois ma taille, vous ne me faites pas peur. Vous pouvez remballer vos affaires et vos menaces.

— Mes menaces ? fit-il avec un éclat de rire inquiétant. Je ne suis pas venu vous menacer, Nadia. Je suis venu vous arracher une promesse.

L'idée de se faire « arracher » quoi que ce soit n'était pas pour la rassurer. Du bout de la langue, elle humecta ses lèvres desséchées.

— La discussion me concernant est de la pure calomnie, reprit-il d'un ton plus brusque.

— La meilleure défense contre la diffamation, c'est la vérité, fit valoir Nadia avec un sourire crispé.

— Exactement.

— Vous êtes en train de me dire que ce qui figure sur mon site est mensonger ?

— Exactement, répéta-t-il.

Nadia haussa de nouveau les épaules.

— Prouvez-le.

Six secondes s'écoulèrent. Six secondes exactement. Elle le savait parce que ses sens s'étaient aiguisés et qu'elle aurait juré entendre la trotteuse de sa montre.

— Vous n'avez pas l'impression de prendre le problème à l'envers, Nadia ? Vous n'avez jamais entendu parler de la présomption d'innocence ?

Bien sûr, elle ne s'applique peut-être pas dans le petit monde que vous vous êtes créé, et dont vous êtes le dictateur en jupons ?

Nadia le fusilla du regard, mais il encaissa la salve sans broncher.

— Tous les hommes nommés sur mon site sont coupables.

A leur tour, les yeux d'Ethan Rush ouvrirent le feu. Elle eut un léger mouvement de recul.

— Vous ne pensez pas que votre site est la porte ouverte aux abus et aux approximations ? Qu'une femme éconduite puisse vouloir se venger ?

— La femme vengeresse ? Ah ! Epargnez-moi ce genre de stéréotype. C'est une invention de types tels que vous.

— Vous n'avez donc pas eu le cœur brisé, et ce site n'est pas une façon de prendre votre revanche sur la vie ? Ce n'est pas pour ça que vous l'avez créé ?

Cette fois, Nadia se laissa gagner par la colère.

— J'ai créé ce site pour partager des informations. Toutes sortes d'informations.

— Parce que tous les hommes sont des salauds ?

— Des informations sur les rencontres et la séduction dans la société contemporaine, précisa Nadia.

Cette discussion était futile, elle le savait. L'ego gigantesque d'Ethan Rush avait pris un coup, et il ne lui pardonnerait pas.

— Je n'ai pas à me justifier, renchérit-elle. Surtout pas devant vous.

— Oh ! je pense que si.

Il se pencha vers elle avant de reprendre :

— Je pense que vous devez répondre de vos actions. Pourquoi ne pas jouer cartes sur table ? Pourquoi vous dissimuler derrière cet anonymat si pratique ? Vos employeurs ne savent rien de vos activités.

Nadia jeta un coup d'œil nerveux en direction des vitres — elle regrettait désormais qu'elles soient transparentes ! Bien sûr, que ses employeurs ne savaient rien, pour la simple et bonne raison qu'ils n'approuveraient pas ce qu'elle faisait. Ils étaient très à cheval sur la cyber-étiquette — qu'elle avait été chargée d'implémenter et d'enseigner à chaque nouvelle recrue ! Nadia n'avait pas l'intention de perdre son emploi, elle avait travaillé trop dur pour arriver là.

— Je ne mens à personne, reprit Ethan. Je n'ai jamais dépouillé une pauvre innocente. Alors j'aimerais bien savoir ce que je fais sur votre site.

— Si vous y êtes, c'est que vous avez dû faire souffrir quelqu'un.

Elle brûlait d'envie de savoir de quelle façon, et se jura de lire le sujet qui lui était consacré dès que possible.

— Qu'en est-il de mon droit de réponse ?

— Vous pouvez tout à fait vous exprimer sur le forum. Il suffit de vous inscrire.

— Sous un faux nom, comme les harpies qui y déversent leur fiel ? Oh ! non. Il est temps que vous assumiez vos responsabilités. Vous avez créé un site rempli de contre-vérités, et ces dernières peuvent faire beaucoup de mal.

Elle le dévisagea, dubitative. Il avait l'air invulnérable.

— En quoi mon site vous a-t-il fait du mal ?

— La réputation d'un homme est chose précieuse, répondit-il après un instant.

Nadia ne prit pas la peine de le nier — elle le savait.

— Qu'est-ce que vous attendez de moi ?

Ethan Rush s'adossa de nouveau à son siège, les doigts joints contre ses lèvres. Des lèvres pleines et sensuelles qu'elle fit de son mieux pour ne pas regarder.

Lui, en revanche, ne se privait pas de l'étudier. Ses yeux descendirent sur sa bouche, son cou, sa poitrine. Elle vit un feu s'allumer dans leurs profondeurs, et un brasier s'alluma au plus profond de son propre ventre. Evidemment, il fallait qu'elle réagisse au charme de ce type… C'était elle tout craché !

Lentement, les yeux d'Ethan Rush remontèrent pour plonger dans les siens.

— Si vraiment je dois prouver mon innocence, déclara-t-il, je suis prêt à le faire.

— Comment ? demanda-t-elle d'une voix étrangement basse.

— Trois rendez-vous, répondit-il du même ton.

— Pardon ?

— Vous et moi, nous allons sortir trois fois ensemble. Vous êtes bien juge et bourreau, non ? Comme ça, vous pourrez me juger sur pièces. Je vous prouverai que les affirmations de votre site sont mensongères.

Nadia ne put retenir un éclat de rire aigu. Un demi-ton plus haut et c'était l'hystérie.

— Je n'ai pas l'intention de sortir avec vous.

— Soit vous sortez avec moi, soit vous appelez vos avocats.

Il s'interrompit le temps de lui décocher un regard narquois, puis enchaîna :

— Vous avez sans nul doute beaucoup d'argent à consacrer à un procès, n'est-ce pas ? Oh non, j'oubliais, vous n'êtes qu'une petite assistante mal payée.

— Les utilisateurs de mon forum signent une clause dérogatoire, fit-elle valoir, tentant désespérément de regagner le terrain perdu. Je ne suis pas responsable des propos qui y sont tenus.

— Comme c'est pratique. Mais je doute que votre petite clause ait la moindre valeur aux yeux d'un tribunal. Et le procès va prendre des mois. Tout le monde sera au courant, Nadia. Vos collègues, votre famille, vos amis... Parce qu'ils ne savent rien non plus, n'est-ce pas ? Vous allez avoir besoin de beaucoup de temps et de beaucoup d'argent, princesse.

Elle le dévisagea avec un mélange de frayeur et d'incrédulité.

— Vous avez donc tellement d'argent à perdre ?

— Je ne crois pas que ce soit de l'argent perdu. Et puis, à propos, je suis avocat, je peux donc me représenter moi-même. Ça ne va pas me coûter très cher.

Avocat. Evidemment. Il en avait bien l'attitude — l'agressivité, la minutie. Eh bien, elle ne se laisserait pas intimider ! Elle ravala la bile qui lui brûlait le fond de la gorge.

— Je n'ai pas l'intention de fermer le sujet vous concernant. C'est de la liberté d'expression.

— Oh ! mais je ne vous demande pas de le fermer. Une fois qu'une information est sur la Toile, impossible d'empêcher sa propagation. Ce que je veux, c'est une rétractation en bonne et due forme.

— Dans ce cas, adressez-vous à votre accusatrice, pas à moi.

Qu'avait-il besoin de l'entraîner dans cette affaire ? Sortir avec lui ? Trois fois ? C'était ridicule.

— Elles sont anonymes. Je ne connais pas leur identité.

Elles, au pluriel ? Encore mieux !

— Et vous ne pouvez pas les identifier parce qu'il y a trop de candidates potentielles, je suppose ? Soyez honnête, enchaîna Nadia, passant à l'attaque. Tout ce que vous voulez, c'est un petit laïus qui vous mette en valeur et vante vos performances au lit.

— Vous vous proposez de coucher avec moi afin de pouvoir faire un compte rendu plus honnête ?

Les joues de Nadia s'enflammèrent. Le reste de son corps aussi.

— Je ne suis pas en quête de validation, Nadia. Je sais ce que je vaux comme amant. Ce que je veux, c'est un démenti aux accusations. Et, à terme, que vous mettiez fin à ce site ordurier.

— N'y comptez pas.

— Parce que vous aimez jouer les garces ?

Nadia détourna l'accusation d'un haussement d'épaules indifférent.

— Si mettre en garde des femmes innocentes contre les abus d'hommes tels que vous fait de moi une garce, dans ce cas, je suis ravie d'en être une.

— Mais comment savez-vous que ce qui est publié sur ce forum est exact ?

— Pourquoi ces femmes mentiraient-elles ? Elles ont été humiliées, elles ont souffert, c'est tout.

— Comme vous, c'est ça ?

Nadia se figea, l'espace d'une nanoseconde.

— Mon site n'est pas le fruit d'une démarche personnelle.

— Ben voyons.

La mine sombre, Nadia cacha ses poings serrés sous la table, tentant désespérément de trouver une échappatoire. Mais elle était acculée et le savait.

— Très bien. J'accepte de sortir avec vous. Trois fois. Et nous partageons tous les frais.

Il fit une grimace théâtrale qui peina à dissimuler sa satisfaction. Nadia pointa un doigt tremblant dans sa direction.

— Je ne veux pas vous devoir quoi que ce soit, monsieur Rush. Et je ne veux pas non plus que vous vous fassiez des idées sous prétexte que vous m'invitez à dîner dans un restaurant hors de prix.

— Oh ! mais je me fais déjà des idées, Nadia. Et appelez-moi Ethan.

Elle se leva sans un mot pour se diriger vers la porte. Si elle s'attardait, sa colère finirait par avoir raison d'elle. A son tour, Ethan Rush se leva. Elle le vit regarder ses escarpins et comprit : il calculait mentalement sa taille réelle.

— Ce qui est petit est… dangereux, déclara-t-elle depuis le seuil, avec un sourire qui se voulait insolent.

Ethan sourit lui aussi, de cet air complaisant et vaguement paternaliste auquel — petite taille oblige — elle avait dû faire face toute sa vie.

— Je ferai attention, promit-il.

Nadia tourna les talons et s'éloigna sans se soucier de l'accompagner vers la sortie. La colère l'aveuglait presque. La colère et un autre sentiment qu'elle ne pouvait définir. Oh oui, Ethan Rush méritait une place d'honneur sur *1FemmeAvertie*. Il devait briser des cœurs à tour de bras, sans ciller.

Mais s'il s'imaginait briser le sien, il pouvait repasser.

Chapitre 2

1FemmeAvertie

Vous cherchez l'homme idéal ?

Les choses à ne pas faire la première fois.

Ne buvez pas — en tout cas, pas trop. L'alcool altère vos facultés de jugement. Vous devez garder la tête froide si vous voulez éviter les mauvaises décisions.

Ne vous jetez pas dans ses bras — si vous êtes à la recherche d'une relation durable et pas seulement d'une nuit de plaisir, pensez à garder une part de mystère. Il doit vous prendre au sérieux.

Ne parlez pas de vos échecs amoureux, de vos problèmes ou de votre idiot de patron. Montrez-vous sous votre meilleur jour sous peine de le faire fuir.

N'allez pas au cinéma, c'est la solution de facilité. Le but, c'est d'apprendre à se connaître ! Difficile quand on passe deux heures assis côte à côte en silence dans le noir absolu.

Ne vous mettez pas la pression. Détendez-vous et soyez vous-même.

Avachi sur son canapé, son portable en équilibre sur son ventre, Ethan ponctuait sa lecture d'éclats de rire narquois. Eh bien ! *MissCynique* — l'avatar en ligne de Nadia Keenan — avait vraiment des idées bien arrêtées ! Son blog était rempli de ce genre de conseils, de perles de sagesse pour célibataires en quête de l'âme sœur. Comme si elle était experte en la matière !

Experte, mon œil, songea Ethan.

Cette fille avait besoin d'une bonne leçon — voire même de plusieurs — de la part d'un maître en la matière. Lui. Et il savait exactement comment s'y prendre : en l'attaquant sur son propre terrain. Il allait combattre le feu par le feu et tout le tralala. N'importe qui pouvait lancer un blog, pas vrai ? C'était donc ce qu'il allait faire.

Dieu merci, le cabinet d'avocats dont il était l'un des associés n'employait pas d'assistante coincée telle que Nadia Keenan. Son entreprise ne s'était jamais dotée d'un arsenal de règles morales rigides destinées à contrôler la vie privée de ses salariés. Ces derniers étaient traités en adultes. Tant que leurs actions n'avaient pas d'impact sur les affaires, ou ne ternissaient pas la réputation du cabinet, ils pouvaient faire ce qu'ils voulaient de leur temps libre. Et si d'aventure un client tombait un jour sur ce qu'il s'apprêtait à écrire, songea Ethan, quelle importance ? Les gens qu'il fréquentait avaient le sens de l'humour.

Non, ce n'était pas à cause de son travail qu'il en voulait à Nadia. C'était l'injustice consistant à devoir prouver son innocence qui le faisait sortir de ses gonds. C'était la violation d'un principe de droit fondamental. Bon, d'accord, son ego en avait pris un coup, lui aussi. Si quelqu'un dans la famille Rush méritait un tel déferlement de haine, ce n'était pas lui. Le salaud, c'était son père. Ethan mettait un point d'honneur à ne se montrer ni infidèle, ni menteur. Séduire était un jeu, il l'admettait bien volontiers, mais il le pratiquait avec l'accord et la complicité pleine et entière de ses conquêtes. Il était honnête et correct.

Sauf avec Nadia Keenan. Oh non. Avec elle, tous les coups seraient permis.

Il tapota sur son clavier et s'inscrivit sur un site spécialisé dans la création de blogs. Parfait. Restait à trouver un nom accrocheur.

HommeAFemmes ?

Fantastique — il était disponible.

Et sa devise ?

Reconnaître et éviter les cinglées !

Satisfait, il entreprit de remplir la section « A propos de ».

Ethan Rush — plus connu sous le surnom de « 3 Rencards et Bye-Bye » sur le site 1FemmeAvertie.

Le but de mon blog est de mettre les hommes en garde contre les folles qui vous pourrissent la vie sous prétexte que vous ne les avez pas demandées en mariage après la première nuit. Elles existent, j'en ai rencontrées ! Profitez-en pour glaner quelques conseils de drague et réveiller le don Juan qui sommeille en vous.

Si *MissCynique* pouvait se permettre de donner des conseils de séduction, alors lui aussi — et il comptait bien le lui faire savoir. Avec un gloussement de plaisir, il décida d'attaquer le premier message de son blog. Rien ne valait une provocation directe pour se chauffer. Un sourire carnassier aux lèvres, il se remit à taper.

HommeAFemmes
La comédie romantique, votre meilleure alliée

A en croire MissCynique, le gourou autoproclamé qui règne sur 1FemmeAvertie, aller au cinéma lors d'une première rencontre serait un anathème.

Faux !

Une salle de ciné, c'est l'endroit idéal pour appuyer sur la touche « décongélation » et faire fondre le bloc de glace le plus endurci, comme MissCynique en personne.

Vous pouvez améliorer vos chances en emmenant votre compagne dîner juste avant. Une pizza suffit — pas à emporter, bien sûr ! Pour une première fois, inutile de dépenser trop. On le sait tous, rien de pire que de se retrouver coincé dans un restaurant hors de prix avec une fille qui ne vous plaît pas, à attendre deux heures un steak gros comme une pièce de monnaie, perdu sur une assiette blanche géante à côté d'une feuille de salade et de trois gouttes de vinaigre balsamique.

Un film vous donne l'occasion de passer deux heures ensemble. Vous êtes proches mais pas concentrés uniquement l'un sur l'autre. Après coup, le film vous fournit un sujet de conversation rêvé. Et, quand une fille se met à parler, elle ne peut plus s'arrêter. Elles adorent ça. Encouragez-les. Ecoutez-les.

Règle d'or de la drague : plus vous écoutez une fille, plus elle aura envie de passer du temps avec vous. C'est aussi simple que ça.

Même si ça vous donne de l'urticaire, rien de tel qu'une comédie romantique pour briser la glace. Optez pour la combinaison fatale : comédie romantique + dessert. La fille va fondre comme le moelleux au chocolat qu'elle ne manquera pas de commander. Croyez-moi, il n'y a pas que le film qui va avoir droit à une « happy end »...

D'ailleurs, c'est la stratégie que je compte appliquer avec MissCynique. Rien de tel pour assouplir les relations avec votre future conquête dès le premier soir. Et nous les hommes, la souplesse, on aime ça !

Ethan s'interrompit, les doigts au-dessus des touches. Un frisson d'excitation lui courut le long de la colonne vertébrale.

Dans notre prochain sujet : comment transformer l'essai dès le deuxième soir.

Il cliqua sur « envoyer » sans se laisser le temps de réfléchir. A quoi bon réfléchir, d'ailleurs, vu le niveau de ce qu'on trouvait sur internet ? Et puis, Nadia Keenan avait traîné son nom dans la boue. C'était sa façon à lui de redresser les torts. Il se moquait complètement de ce que des inconnues à l'autre bout du monde pensaient de lui, ce n'était pas le problème. Mais il n'était pas l'homme que *1FemmeAvertie* présentait. Si la séduction était un jeu pour lui, ses compagnes s'amusaient tout autant. Nadia Keenan n'avait qu'à bien se tenir...

Son pouls s'accéléra à cette idée mais il ferma délibérément son esprit à toute pensée lubrique. Il avait encore du travail. Il s'inscrivit sur le site *1FemmeAvertie* — sous son véritable nom —, dénicha le fil qui lui était consacré et répondit au dernier message.

Ethan Rush — Apparemment, personne ici ne se soucie de ma version des faits. Ce site est-il modéré, les allégations qui y sont postées, vérifiées ? Non. C'est le festival de la malveillance et du dénigrement. Alors que diriez-vous d'un défi, mesdemoiselles ? La femme de 1FemmeAvertie, MissCynique en personne, a accepté de sortir avec moi, « 3 Rencards et Bye-Bye », et de me donner ma chance.

Trois soirs, bien sûr.

Elle jouera à sa façon, moi à la mienne.

Nous vous tiendrons au courant du résultat, et vous pourrez décider par vous-même. Qui est honnête, qui ne l'est pas ?

Qui sortira vainqueur ?

Le commentaire apparut aussitôt à la suite des autres. Voilà ce qui s'appelait lancer un défi, hein ! Tout ce qu'il lui fallait, maintenant, c'étaient des réponses pour le soutenir. Il avait assez d'amis pour leur demander un coup de pouce. Les hommes avaient l'esprit d'équipe, et ses camarades ne le laisseraient pas tomber. Il fit un copier-coller du lien sur tous les réseaux sociaux qu'il utilisait, puis rabattit l'écran de son ordinateur et ferma les yeux.

Alors seulement il prit conscience de ce qu'il venait de faire.

C'était de la démence. Ce n'était pas comme ça qu'il aurait dû agir. Non, il aurait dû foncer tête baissée et tout démolir sur son passage. Il aurait dû exiger de Nadia Keenan qu'elle ferme le lien qui lui était consacré et son site tout entier. Il aurait dû la menacer d'un procès.

Bon, d'accord, il l'avait menacée d'un procès.

Mais seulement après avoir eu une idée bien plus excitante. La menace avait eu pour seul but de la forcer à accepter l'idée en question. Il s'était attendu à trouver une femme austère et entre deux âges derrière le pseudonyme de *MissCynique*, pas une fille aussi délicate qu'une poupée de porcelaine. Tout en elle évoquait la fragilité, le raffinement et la beauté, de son visage d'ange à ses cheveux soyeux qui se terminaient en accroche-cœur. Il l'avait trouvée très séduisante, il le reconnaissait.

Il allait devoir faire attention s'il ne voulait pas s'attirer des ennuis. Sa spécialité, c'était le charme, la séduction. Pas les problèmes.

Il allait se venger de Nadia Keenan, ça, oui. Il lui donnerait une leçon qu'elle n'oublierait pas de sitôt. Mais coucher avec elle était hors de question. Il ne couvrirait pas son corps de baisers, il ne lui murmurerait pas des mots doux à l'oreille en lui faisant l'amour. Oh ! il en avait envie. La tentation était bien là. Il ferait monter la sauce jusqu'à ce que Nadia Keenan le supplie. Et, à ce moment précis, il se conduirait en parfait gentleman. Il refuserait de coucher avec elle. Après ça, elle le détesterait vraiment.

Il considéra de nouveau son adversaire. D'où venait cette étrange contradiction entre son apparence délicate et la harpie vindicative qui dirigeait *1FemmeAvertie* ? Qui donc avait bien pu lui faire du mal, et de quelle façon ? Elle prétendait que sa démarche n'était pas personnelle mais il en doutait. Un homme lui avait à coup sûr brisé le cœur. Même son pseudonyme, *MissCynique*, tendait à confirmer cette théorie.

Il rouvrit son portable, se rendit de nouveau sur *1FemmeAvertie,* et entreprit de consulter les discussions archivées. Pour gagner, il fallait se préparer — et connaître les points faibles de l'ennemi…

Nadia regrettait amèrement l'absence de Megan, partie trois semaines en Grèce pour y rencontrer la famille de Sam, son petit ami. L'appartement qu'elles partageaient était trop vide, trop calme. Et surtout il ne pouvait pas la conseiller comme le faisait Megan. Les murs ne répondraient pas à ses questions, eux.

Elle fit défiler les cintres dans sa penderie, à la recherche de la tenue idéale, tout en sachant d'avance qu'elle ne la trouverait pas.

Elle finit par renoncer, le moral en berne. Ethan Rush était un adversaire de taille. Beau, intelligent et riche — la coupe de ses vêtements et son arrogance en attestaient —, il devait facilement obtenir tout ce qu'il voulait. Il avait même réussi à la convaincre de sortir trois fois avec lui — et sans grand effort, en prime ! Elle mourait d'envie de le déstabiliser, de le faire tomber de son fichu piédestal. Mais comment s'y prendre ?

Son téléphone se mit à sonner dans le sac à main qu'elle avait abandonné sur son lit. C'était Megan qui la rappelait. Hourra ! Nadia se précipita pour décrocher.

— Meg ! Qu'est-ce que je dois mettre pour un

rendez-vous galant auquel je n'ai pas envie d'aller ? demanda-t-elle tout de go.

— Un rendez-vous galant ? fit son amie sans chercher à cacher sa surprise. Pourquoi n'as-tu pas envie d'y aller ?

— Parce que c'est avec un crétin qui m'a forcé la main.

— Nadia, personne ne t'a jamais forcé la main.

Dix heures plus tôt, Nadia aurait été d'accord avec elle !

— Si je ne sors pas avec lui, il menace de me poursuivre en justice et de révéler au monde entier que je suis derrière *1FemmeAvertie.*

— On parle de lui sur ton site, je suppose ?

— Oui. Un sujet entier lui est consacré : « *3 Rencards et Bye-Bye* ». Beau parleur, obsédé sexuel, passe d'une fille à l'autre comme il change de chemise. Plusieurs de ses victimes ont laissé des commentaires peu élogieux sur son compte.

— Et c'est juste pour ça qu'il t'a convaincue de passer une soirée avec lui ?

— Trois soirées !

— Trois ?

Megan gloussa avant de reprendre :

— Il est doué, il faut le reconnaître.

— Doué ? Dis plutôt qu'il est fou.

— Tu crois vraiment qu'il va gâcher son argent à te faire un procès ? Au pire, tu n'as qu'à prendre les devants et annoncer à Hammond que tu as créé le site. Ils s'en ficheront. Ce que tu fais de ton temps libre ne regarde que toi.

— C'est trop risqué. J'ai travaillé dur pour obtenir ce poste.

Sa carrière, son indépendance, c'était toute sa vie. Elle n'allait pas les mettre en péril alors qu'elle venait de se dégotter un appartement — prouvant par la même occasion à sa famille qu'une « petite chose » comme elle était capable de réussir. Depuis son enfance, on la traitait comme un vase de porcelaine fragile ! Par esprit de contradiction, elle avait donc choisi la plus grande ville du pays, et l'une de ses plus grosses entreprises, pour faire mentir les rabat-joie.

— Je suis en train de parcourir ton forum, reprit Megan. Il a l'air intéressant, ce type.

Nadia l'entendit marmonner à mesure qu'elle lisait, puis lâcher un sifflement admiratif.

— Apparemment, c'est un dieu au lit. C'est quand, la dernière fois que tu as fait l'amour ?

Du bout du pied, Nadia repoussa la porte de sa penderie. Evidemment, pour Megan, c'était facile. Sam et elle en étaient au tout début de leur relation et ne pouvaient pas se passer l'un de l'autre. La vie sexuelle de Nadia, en comparaison, ressemblait au désert de Gobi.

— Eh, reprit son amie d'un ton soudain plus sérieux. Tu as vu sa réponse ?

Le sang de Nadia se figea littéralement dans ses veines.

— Non.

Elle se précipita dans le salon, le cœur battant, pour ouvrir le portable posé sur la table. Sa page se chargea en une fraction de seconde — merci la fibre optique — pour déballer la dernière provocation d'Ethan Rush.

Horreur !

— Il a rendu ça public… Nos trois rendez-vous. Pourquoi ? Pourquoi ? Tout le monde va savoir que nous sortons ensemble, maintenant !

Il avait même eu le culot d'employer le mot « vainqueur ». Elle avait donc vu juste. C'était la guerre !

— Personne ne sait qui tu es, déclara son amie. Il utilise son véritable nom mais ne révèle pas le tien. Attends, il y a un lien vers un autre site… Oh ! il a un blog, lui aussi ?

— Première nouvelle, marmonna Nadia, qui avait cliqué sur le lien en question et découvrait à son tour le site d'Ethan.

Au bout du fil, Megan éclata de rire.

— J'ai hâte de voir comment il va « transformer l'essai » dès votre second rendez-vous.

— Quel crétin arrogant ! Il ne va rien transformer du tout, c'est moi qui te le dis.

En tout cas, pas avec elle ! Et le frisson qu'elle éprouva à cette idée n'était pas de l'excitation. Oh non. Rien à voir. C'était un frisson de colère.

— Il est beau ? s'enquit Megan. Il doit l'être pour se montrer aussi sûr de lui.

— Si tu aimes le genre macho, je suppose que oui. Moi, ce n'est pas mon style.

Et s'il y avait une chose que Nadia appréciait encore moins, c'était le comportement condescendant dont les hommes de cet acabit faisaient en général preuve envers les femmes.

— C'est très alléchant, tout ça, reprit son amie. Alors, qu'est-ce que tu vas mettre ?

Nadia réprima un grognement d'irritation. Megan voulait son bonheur, elle le savait. Mais ce n'était pas avec un rustre tel qu'Ethan Rush qu'elle le trouverait. Par conséquent, elle ne voulait surtout pas s'habiller de façon séduisante. Ce dont elle avait besoin, c'était une cuirasse. Dieu merci, un triple bip sonore lui fournit l'excuse rêvée pour mettre fin à la conversation.

— Quelqu'un essaie de me joindre, Meg. Rappelons-nous plus tard.

Elle appuya sur une touche pour faire basculer l'appel et reprit le combiné.

— Allô ?

— Nadia.

Voilà ce qui s'appelait tomber de Charybde en Scylla ! Pas de chance.

— Ethan.

Des frissons désormais familiers lui hérissèrent la peau. Elle se refusa en revanche à identifier le brasier qui s'était allumé au creux de ses reins.

— Mercredi soir, ça vous convient ?

Pas de « bonjour », pas la moindre formule de politesse. Mais sa voix était douce comme du miel.

Mercredi. Cette date lui laissait deux jours — pas assez pour se préparer. Et puis elle avait bien l'intention de ne pas lui faciliter la tâche si elle pouvait l'éviter !

— J’ai déjà des projets, prétendit Nadia.

— Jeudi, alors ?

Elle fit mine d’y réfléchir, puis acquiesça.

— Jeudi, c’est bon.

— Je pensais aller voir un film.

Un film. Ah oui, c’était son plan d’attaque. Mais elle n’allait pas lui dire qu’elle le savait parce qu’elle l’avait lu sur son site.

Un doute subit l’assaillit. Et s’il apprenait qu’elle avait parcouru son blog ? Il n’avait qu’à analyser ses statistiques pour identifier son adresse IP. La manœuvre n’était pas à la portée du premier venu — mais Ethan était tout sauf le premier venu. En hâte, elle fit une capture d’écran et se déconnecta. A partir de maintenant, elle ne consulterait son blog que depuis des cafés ou des bars équipés d’un accès internet.

— Formidable, répondit-elle avec un enthousiasme flirtant avec le zéro absolu. J’ai le droit de choisir le film ?

— Bien entendu.

— Comment avez-vous eu mon numéro ? reprit-elle après une pause.

— De la même manière que j’ai découvert qui se cachait derrière *1FemmeAvertie*. On trouve beaucoup de choses sur le Net, vous savez.

— Mes données sont sécurisées.

— Pas autant que vous le croyez, apparemment. Je passerai vous prendre chez vous.

— Vous savez où j’habite ?

Là, c’était vraiment inquiétant.

— Bien sûr, railla Ethan. A l'angle de la rue du Fiel et du boulevard de l'Amertume, non ?

— Ah, ah, très drôle. Et si vous alliez vous y faire voir ?

— Envoyez-moi votre adresse, lui répondit Ethan avec un rire grave. Je vous confirmerai l'heure en retour.

— Ouh, je meurs d'impatience ! minauda Nadia, juste pour avoir le dernier mot.

Elle raccrocha aussi sec et lança le téléphone sur son canapé. Puis elle étudia le texte figé sur son écran d'ordinateur. *Reconnaître et éviter les cinglées ?* La moutarde lui monta au nez. Espèce de salopard. Il allait voir ce qu'il allait voir.

Elle abattit son poing sur la table. Sa mission, si elle l'acceptait : shopping ! Elle allait allumer Ethan Rush comme personne avant elle. Elle lui ferait sortir les yeux de la tête et le forcerait à lui faire des avances. Il en avait déjà envie — le regard qu'il avait posé sur elle dans la salle de réunion en attestait assez. L'étincelle était là, il suffisait de l'attiser. Elle devrait juste faire attention à ne pas se faire engloutir ensuite par les flammes… Et, lorsqu'il passerait enfin à l'attaque, elle se déroberait.

Nadia n'était pas imbue d'elle-même mais elle était consciente de ses atouts. Elle avait ce petit quelque chose qui attirait les hommes. En l'occurrence, le mot « petit » résumait bien la situation. Beaucoup d'hommes aimaient les femmes menues. D'ailleurs, plus ils étaient grands, plus ils semblaient apprécier son gabarit, sans doute parce que la différence de taille renforçait leur virilité. Ces idiots aimaient regarder les gens de haut. Au sens littéral.

Elle mettrait donc sa féminité en valeur, une tactique éprouvée depuis la nuit des temps. Mais auparavant elle devait se renseigner sur l'ennemi... Elle se rassit devant son ordinateur et se rendit sur *1FemmeAvertie* pour y parcourir les commentaires de ses anciennes conquêtes. Elle était curieuse de glaner un maximum d'informations sur Ethan. Si besoin, elle pouvait aussi envoyer un message privé à l'une de ces filles.

Une chose était sûre : d'après ce qu'elle lisait, Ethan Rush ne pourrait probablement pas s'empêcher de lui sauter dessus, quoi qu'elle décide de porter. C'était un prédateur sexuel, il draguait comme il respirait. Ce n'étaient pas ses proies qui l'intéressaient, c'était la conquête.

Mais juste histoire d'enfoncer le clou, de l'humilier comme il le méritait, Nadia ferait tout pour être la plus désirable possible.

Elle allait lui donner une leçon qu'il n'était pas près d'oublier.

Chapitre 3

Nadia avait trouvé la robe parfaite — pas trop habillée, ultraféminine. Elle lui avait coûté les yeux de la tête mais le jeu en valait la chandelle. Les chaussures ? Une paire de ballerines afin de bien accentuer sa différence de taille avec Ethan. Nadia ne sortait jamais de chez elle sans des talons d'au moins cinq centimètres mais elle était prête à faire une entorse à la règle pour l'occasion. Après quelques essais, elle décida de porter ses cheveux relâchés, un chouchou en guise de bracelet au cas où il lui prendrait l'envie de les nouer. Une étole légère et un petit sac à main complétaient l'ensemble. Côté maquillage, elle avait fait simple : du mascara, un peu d'eye-liner, du brillant à lèvres, c'était tout.

Fraîche, féminine, avec une touche d'ingénuité — c'était le look qu'elle avait décidé d'adopter pour cette soirée.

Comme elle s'y était attendue, il arriva pile à l'heure. Elle fut prise d'une furieuse envie de faire la morte quand elle l'entendit frapper, mais elle rejeta ses cheveux en arrière et afficha un sourire éclatant pour aller ouvrir.

Son sourire s'évanouit sitôt qu'elle vit Ethan. Comment osait-il être si beau ? Mâchoire carrée, regard fauve et carrure athlétique, il était absolument parfait. Presque irréel. Evidemment qu'il enchaînait les conquêtes ! Il ne devait même pas le faire exprès. Les femmes tombaient comme des mouches et il devait trouver ça normal !

Sa confiance en elle prit du plomb dans l'aile. Comment pourrait-elle lui résister ? Elle était prête à jouer avec le feu, d'accord, mais pas avec un bidon de nitroglycérine !

— Je pensais que nous pourrions manger une pizza avant le film, suggéra-t-il, un mélange d'amusement et de satisfaction dans les yeux.

Son arrogance fit à Nadia l'effet d'une douche froide. Elle se rappela son plan d'action — et son envie de lui donner une bonne leçon.

— Oh ! j'aurais adoré...

Elle laissa sa phrase en suspens et fronça un sourcil, la mine songeuse.

— Mais ?

— Eh bien, voyez-vous, il y a un film que je veux voir depuis une éternité, et il passe dans un cinéma local. Il faut partir tout de suite si nous ne voulons pas manquer la séance.

Elle leva de grands yeux vers lui, puis se mordilla la lèvre inférieure.

— Ça vous ennuie ?

Elle avait parlé de sa voix la plus suave, façon

Marilyn Monroe. En tout cas elle l'espérait. Ethan ne répondit pas pendant un long moment. La lueur d'amusement avait disparu de son regard, soufflée comme une bougie.

— Euh… non, ce n'est pas un problème, dit-il enfin.

Il fit un pas vers l'escalier et, voyant qu'elle ne bougeait pas, se retourna vers elle :

— On y va ?

— Oh ! mais entrez donc. Je ne vais pas vous faire attendre sur le seuil. Je dois prendre mon étole.

C'était une nuit d'été, elle n'avait pas vraiment besoin de l'étole en question. Pour être honnête, elle mourait de chaud. Mais, au bout d'une demi-heure dans un cinéma, la climatisation risquait de lui donner froid. Et la dernière chose qu'elle souhaitait, c'était de devoir se blottir contre Ethan Rush pour se réchauffer. Elle ne voulait pas prendre le moindre risque.

Il parut d'abord surpris, puis acquiesça.

— D'accord.

Nadia s'écarta pour le laisser entrer et l'étudia à la dérobée pendant qu'il regardait avec curiosité autour de lui. L'appartement qu'elle partageait avec Megan était spacieux et élégant. Mais le salon parut rétrécir du seul fait de la présence d'Ethan. Son aura était telle que Nadia ne pouvait pas le quitter des yeux.

— C'est joli, commenta-t-il.

Non sans effort, elle s'arracha à sa contemplation béate pour ramasser l'étole qu'elle avait abandonnée, avec une négligence étudiée, sur le dossier du sofa contemporain.

— Vous pensiez que je vivais dans un squat ?

Comme la vieille fille solitaire et aigrie qu'il se représentait, sans doute ? Elle était sûre que c'était l'image qu'il avait d'elle. C'était pour cette raison qu'elle avait mis, en guise d'économiseur d'écran, des photos d'un voyage particulièrement débridé que Megan et elle avaient effectué en France. Pourquoi diable les gens se faisaient-ils des idées sur son compte ? Ses propres parents lui avaient déconseillé de déménager à Londres. « C'est une ville trop intimidante pour toi », lui avaient-ils dit. La seule chose intimidante, avait-elle découvert, c'était le loyer. Mais elle travaillait pour une boîte formidable et partager cet appartement avec Megan valait bien quelques sacrifices.

Le sourire d'Ethan s'élargit lorsqu'il avisa les images qui défilaient sur l'écran de son ordinateur.

— J'apprends vite, Nadia. Et, en ce moment, j'apprends que vous êtes une femme surprenante.

— Vraiment ?

— Vraiment. Vous êtes prête ?

Ivre d'adrénaline, elle le suivit jusqu'à la porte et referma derrière elle. A peine dans la rue, Ethan arrêta un taxi qui passait. Nadia ne put cacher sa surprise. Il n'avait pas de voiture ?

— Vous n'aimez pas prendre le taxi ?

Non, c'était plutôt qu'elle n'avait pas envie de s'asseoir à l'arrière avec lui ! Une telle situation était trop intime à son goût. Elle aurait préféré prendre place dans un siège séparé du sien par un accoudoir. Partager la même banquette lui évoquait le genre d'activités pratiquées depuis la nuit des temps à l'arrière des voitures — ou du moins depuis l'invention de l'automobile...

Elle chassa cette idée de son esprit et s'installa le plus loin possible dans son coin, jambes croisées. Tandis qu'elle luttait pour calmer son imagination surchauffée, Ethan prit place à son tour. Il n'empiétait pas sur son côté mais Nadia avait une fois encore l'impression qu'il envahissait tout l'espace. Elle sentait qu'il la dévisageait et fit de son mieux pour ne pas le regarder, même si elle savait que c'était ce qu'il voulait. Après quelques instants, la pression se fit trop forte. Elle capitula et tourna la tête vers lui. Il souriait.

— Vous êtes très en beauté, remarqua-t-il de sa voix veloutée. Vraiment magnifique.

— Merci, répondit-elle avec raideur. Vous n'êtes pas mal non plus. Mais je suppose que vous le savez déjà.

— Vous savez que vous êtes très belle, vous aussi. Mais c'est quand même agréable de l'entendre, non ?

Nadia leva les yeux au ciel.

— Vous n'aimez pas les compliments ? reprit Ethan d'un air réjoui.

— Pas de votre part.

Prends ça dans les dents. Elle mentait mais il ne pouvait pas le savoir.

— Cette idée de sortir trois fois ensemble est complètement stupide, s'exclama-t-elle. Comment puis-je croire à vos belles paroles ? Votre seul but est de m'amadouer, afin que je puisse dire au monde entier que toutes ces femmes ont tort et que vous êtes un type formidable.

— Oubliez un peu les circonstances. Je suis sûr que vous ne vous laissez pas impressionner si facilement, même en temps normal.

— Qu'est-ce qui vous fait dire ça ? s'enquit Nadia, recroquevillée dans son coin de la banquette.

Le regard de son compagnon se verrouilla sur elle. Nadia se raidit sous la force de l'examen glacial auquel il la soumettait.

— Je crois que vous vivez votre vie selon des règles très strictes, dit-il enfin. Comme ces conseils que vous distillez sur votre forum. « Faites ceci, ne faites pas ça. » On dirait que vous avez des lois pour tout, en bonne petite assistante rigide des ressources humaines. Votre existence ne laisse pas la moindre place à l'erreur.

— C'est faux.

La preuve, l'histoire de sa vie était jonchée d'erreurs — les siennes pour la plupart !

Ethan esquissa un sourire.

— Ah bon ? Vous voulez dire que vous ne suivez pas vos propres conseils de séduction ?

— Les quelques conseils que j'offre sont le fruit de mon expérience. Je serais stupide de répéter mes erreurs.

Il acquiesça, comme si elle venait de confirmer ses soupçons.

— Vous êtes donc devenue lâche.

Le sang de Nadia ne fit qu'un tour. Mais pour qui se prenait-il, à lui lancer des accusations à la figure ?

— Je ne suis pas lâche, juste prudente ! Et je n'ai pas l'intention de me justifier devant vous.

— Nadia. Vous me donnez l'impression d'être une femme capable et très intelligente. Vous devriez peut-être avoir un peu plus confiance en vous.

— Encore des compliments ?

Elle ne se leurrait pas, tout cela faisait partie d'une offensive de charme.

— Non, je suis sérieux. Vous devriez suivre votre instinct. Vous lâcher un peu.

— Evidemment, ça ferait vos affaires. Vous n'aspirez qu'à une chose : que les femmes se lâchent... dans vos bras !

Elle secoua la tête, un sourire sarcastique aux lèvres, avant de reprendre :

— Vous flattez, vous faites semblant d'écouter, vous souriez, et paf, elles tombent toutes cuites dans votre lit. Mais au fond vous n'êtes qu'une illusion. Un faussaire.

Ethan la dévisagea bouche bée. Avait-elle mis dans le mille sans le savoir ?

— Très bien, fit-il après s'être éclairci la gorge. Je n'essaierai pas de vous impressionner, alors.

Nadia aurait dû s'en réjouir. Le problème, c'était qu'Ethan n'avait pas à essayer de l'impressionner. Il le faisait sans le vouloir, par le simple fait d'exister. La nature l'avait doté d'un physique divin. Sans parler de cette voix de velours qui rendait chaque mot qu'il prononçait captivant. Une qualité qui devait lui être très utile dans son métier.

Mais pourquoi son radar interne semblait-il se verrouiller uniquement sur ce genre d'homme, tellement chargé de testostérone qu'il ne pouvait s'empêcher de séduire tout ce qui passait ? Si elle écoutait son instinct, comme Ethan le suggérait, elle lui tomberait dans les bras. Elle allait donc faire exactement le contraire et réprimer ses pulsions de toutes ses forces !

— Parlez-moi du film, demanda-t-il, aiguillant la conversation en terrain neutre.

— Oh ! ça fait très longtemps que je meurs d'envie de le voir. C'est un classique. Je préfère ne rien dévoiler.

Le taxi les déposa quelques instants plus tard devant le petit cinéma d'art et essai, où on leur indiqua la plus petite salle. A l'exception d'un autre homme quelques rangées devant eux, ils étaient seuls. *Parfait*. Nadia avait fait une recherche poussée pour trouver le pire film de Londres. Trois minutes après le début du générique, elle sut qu'elle avait visé juste.

Le film était français, avec des sous-titres interminables et illisibles. Il relatait la vie d'un peintre pris dans un triangle amoureux. Une véritable torture. La plupart des scènes consistaient à regarder l'acteur principal peindre. C'était mortel.

Après seulement dix minutes, Nadia mourait d'ennui. Elle espérait qu'Ethan aussi. Et en même temps elle se sentait agitée, douloureusement consciente de sa présence massive à quelques centimètres d'elle. Ils étaient trop proches. Le plus grave, c'était que le film durait trois heures, raison pour laquelle elle l'avait choisi. Trois heures qu'elle était condamnée à passer tout près d'un homme qui affolait son corps autant qu'il hérissait son esprit. Au secours !

Sur l'écran, l'artiste continuait de peindre. L'expérience était éprouvante mais le jeu en valait la chandelle. Ethan en sortirait furieux. Voilà qui lui apprendrait à croire qu'il pouvait « l'assouplir » avec une séance de cinéma.

Un gloussement l'arracha à sa torpeur. Ethan riait. Il *riait* ? Avait-elle manqué quelque chose à l'écran ? Nadia avait cessé de lire les sous-titres depuis longtemps. Mais son compagnon paraissait captivé, comme s'il trouvait fascinant de regarder l'acteur principal peindre ses toiles. De temps à autre, il murmurait quelque chose en français. Quoi ? Il parlait français ? Etait-ce pour cela qu'il paraissait apprécier le film à ce point ? Saisissait-il des subtilités qui lui échappaient ?

Les interminables scènes de peinture furent enfin interrompues par une scène érotique entre l'artiste et sa maîtresse. Elle était suggérée mais assez passionnée pour mettre Nadia mal à l'aise et lui donner l'impression d'être un voyeur. Elle se tassa dans son siège, réprimant une furieuse envie de partir en courant. Elle finit par fermer les yeux mais, en l'absence d'image, les sons enflammèrent son imagination. Elle vit la même scène se dérouler sur l'écran noir de ses paupières, à ceci près qu'Ethan et elle en étaient devenus les protagonistes.

Oh non non non...

Inutile de dire qu'elle éprouva un vif soulagement lorsque le héros se remit à peindre. A tout prendre, c'était préférable. Son cœur se calmait à peine, dix minutes plus tard, lorsqu'ils eurent droit à une nouvelle scène d'amour, beaucoup plus visuelle cette fois. Cerise sur le gâteau, l'estomac de Nadia se mit à gargouiller, suffisamment fort pour être entendu par-dessus les soupirs d'extase de l'actrice principale.

Idiote ! Bien que déterminée à refuser l'invitation à dîner d'Ethan, elle n'avait pas pris la précaution de manger un morceau avant de sortir — son estomac, noué par le stress, l'en avait empêchée. Elle fit mine de tousser pour couvrir le bruit de siphon qui montait de son ventre, presque pire que les halètements du couple à l'écran. Elle finit par enfouir son visage dans ses mains, horrifiée. Elle aurait voulu disparaître dans un trou. Pourquoi n'avait-elle pas vérifié la classification du film avant de venir ? A coup sûr, il devait être interdit aux moins de dix-huit ans, ce qui lui aurait mis la puce à l'oreille !

— Vous ne vous sentez pas bien ? chuchota Ethan en se penchant vers elle — un peu trop à son goût.

— Je vais très bien, merci, répondit-elle sans desserrer les dents.

Elle lui jeta un regard de biais et, à son grand dam, lut de l'amusement dans ses yeux.

Décidément, rien ne se passait comme prévu !

Le mot « fin » apparut après une éternité — alléluia ! — mais Ethan faisait apparemment partie de ces spectateurs qui aiment rester jusqu'au bout du générique. Lorsque les lumières se rallumèrent dans la salle, presque agressives après trois heures d'obscurité, il souriait de toutes ses dents.

— Le film était à la hauteur de vos attentes ? s'enquit-il.

— Oh oui, prétendit-elle en se levant. Alors comme ça, vous parlez français ?

— Mais oui, bien sûr. Pas vous ?

— Non...

Ethan s'effaça pour la laisser sortir la première de la salle, puis lui emboîta le pas.

— Dommage. Vous auriez saisi plein de petits détails auxquels le sous-titrage ne rendait pas justice. J'ai trouvé le film très réussi.

— Vraiment ?

— Bien sûr que non, je me suis ennuyé comme un rat mort. Mais c'était bien le but de la manœuvre, non ?

Il savait. Bien sûr. Aucune personne normale ne s'infligerait intentionnellement un supplice pareil. En tout cas, s'il avait souffert autant qu'elle, c'était bien fait pour lui. Elle lui avait joué un sacré tour. Pas vrai ?

— Allons manger un morceau, proposa-t-il. Vous êtes aussi affamée que moi.

Nadia s'était imaginé rentrer sitôt la projection

terminée. Mais elle avait tellement faim qu'elle en avait la migraine. Elle hésita.

— Vous avez déjà scié la branche sur laquelle vous étiez assise, fit valoir Ethan. Ne recommencez pas.

A quoi bon protester ? Il avait vu clair dans son jeu et elle avait l'estomac dans les talons.

— D'accord.

— Formidable, s'exclama Ethan en hélant un taxi. C'est moi qui choisis l'endroit, cette fois. J'insiste.

Il donna au chauffeur l'adresse d'un restaurant français. Lorsqu'ils arrivèrent, Nadia eut l'impression d'entrer au paradis. Un pan de mur entier était occupé par une vitrine remplie de pâtisseries alléchantes — choux à la crème, tartes aux fruits, gâteaux au chocolat. Elle les étudia en salivant, incapable de penser à autre chose. Mais, lorsqu'elle s'arracha à sa contemplation pour étudier la salle, elle déprima aussitôt.

— Oh non... C'est plein. Nous n'aurons jamais de table.

Ethan baissa le regard sur elle et la dévisagea avec un calme qui contrastait avec le désespoir de Nadia.

— Nous avons déjà une table.

Chapitre 4

Nadia crut défaillir de soulagement à cette nouvelle. Ethan lui posa une main au bas du dos pour la guider à la suite du maître d'hôtel. Elle tressaillit comme si elle venait de recevoir une décharge électrique. Le choc lui coupa momentanément le souffle mais lui autorisa aussi un moment de lucidité aussi soudain que bref. Avait-elle bien fait d'accepter son invitation, alors qu'il suffisait à son compagnon de la toucher pour affoler son rythme cardiaque ?

Mais avait-elle vraiment le choix ? Elle était au bord de l'hypoglycémie. Et ces pâtisseries étaient diablement tentantes. Elle jeta un coup d'œil vers la vitrine avant de s'asseoir, les nerfs en boule. Peut-être y avait-il moyen de retourner la situation en sa faveur… Les hommes aimaient les femmes dotées d'un solide appétit, non ? Elle n'avait qu'à commander un éclair et le manger de façon — comment dire ? — provocante, comme elle l'avait vu faire dans un film. Ethan ne pourrait pas rester indifférent. Elle n'éprouverait que plus de satisfaction à doucher ses ardeurs lorsque, tremblant de désir, il lui ferait des avances. Oh oui, c'était sa meilleure idée de la soirée !

— Qu'est-ce qui vous ferait plaisir ? demanda-t-il.

Elle hésita, tentée par une repartie bien sentie, mais décida de jouer sur du velours. Surtout après l'épisode du pire film du monde qui, elle le reconnaissait, n'avait pas été un franc succès.

— J'aimerais juste prendre deux desserts et pas de plat principal, si vous n'y voyez pas d'inconvénient.

Le visage de son compagnon s'éclaira.

— Bien sûr que non.

Un silence confortable retomba entre eux pendant qu'ils étudiaient le menu. Ethan devait s'imaginer qu'il l'avait amadouée et elle ne comptait pas le détromper. Elle prit son temps pour choisir — parcourir la carte lui donnait une excuse pour ne pas le regarder. Toutes les fois qu'elle posait les yeux sur lui, elle avait l'impression de devenir gaga.

— Ils ont une excellente sélection de vins, lui apprit-il d'un ton affable. Ça vous tente ?

— Pas pour le moment, mais ne vous privez pas pour moi.

Du fait de sa petite taille, Nadia encaissait mal l'alcool. Un dé à coudre d'une boisson quelconque suffisait à lui faire tourner la tête : elle n'était pas idiote au point de boire maintenant, quand elle avait besoin de toutes ses facultés mentales. Elle attendit donc avec patience que le sommelier parte chercher la bouteille qu'Ethan avait commandée sans même regarder la carte, puis posa la question qui lui brûlait les lèvres.

— Comment avez-vous eu cette table ?

— J'ai téléphoné depuis le cinéma, quand vous êtes allée vous repoudrer le nez juste avant la séance.

Elle considéra sa réponse en silence, profitant du répit offert par le retour du sommelier. Ethan avait donc su avant même le début du film combien de temps il durait. Elle rougit, furieuse d'avoir été doublée. Elle devait absolument reprendre la main sur ce petit jeu, se comporter en adulte. Elle jeta un œil au verre d'Ethan et se décida en une fraction de seconde.

— Tout bien réfléchi, je ne dirais pas non à un peu de vin.

Juste un verre. L'alcool lui redonnerait de l'énergie. Elle en avait bien besoin après les émotions de cette soirée — le film-marathon et ses scènes érotiques, la surprise de découvrir qu'Ethan parlait parfaitement français et la faim de loup qui lui tordait le ventre.

Après l'avoir servie, il la regarda prendre une première gorgée en souriant.

— Le vin vous plaît ?

Si le vin lui plaisait ? Il était sublime ! Riche, long en bouche et velouté. Elle s'adossa à sa chaise avec un soupir d'aise, soudain beaucoup plus détendue. La perspective d'un délicieux repas ajoutait à sa bonne humeur.

— Vous vous sentez mieux, on dirait.

— Beaucoup mieux, confirma Nadia.

Elle le vit sourire et se retint de faire de même.

Elle savait exactement à quoi il pensait. Il s'imaginait déjà qu'elle allait... Comment l'avait-il formulé, déjà ? Ah oui : « fondre comme le moelleux au chocolat qu'elle avait commandé ». Là, il allait avoir une grosse surprise.

— Vous vous êtes bien amusée hier soir ? reprit-il.

La question la dérouta, puis cela lui revint : elle avait prétendu être occupée la veille...

— Oh ! oui. J'ai juste revu quelques vieux amis.

— Ça n'a pas dû finir très tard. Vous avez mis votre blog à jour vers 21 h 30. A croire que vous passez la moitié de votre vie en ligne.

Affectant le plus parfait détachement, Nadia avala une nouvelle gorgée de vin dans l'espoir de faire descendre son thermostat interne.

— Vous m'espionnez ?

— Vu que votre forum est public, je ne vois pas comment on peut appeler ça de l'espionnage.

— Il me semble que vous n'avez pas non plus été inactif, en parlant de forum ?

— Ah.

Ethan s'installa plus confortablement dans sa chaise, les yeux dans les siens.

— Vous êtes fâchée parce que j'ai rendu nos trois rendez-vous publics ?

— Fâchée, non. Disons... surprise. Je vous imaginais plus soucieux de votre vie privée.

— Je le suis. Mais notre défi n'a rien de privé. Vous vous imaginiez que c'était un secret ? Si c'était le cas, cette petite expérience ne servirait à rien.

— Parce que c'est une expérience ? Pardonnez-moi,

mais j'ai toujours du mal à comprendre à quoi elle sert.

Il se mit à rire, puis haussa les épaules.

— Pour le moment, à se payer du bon temps dans l'un des meilleurs restaurants de la ville.

Avec un timing parfait, un serveur apparut et déposa leurs assiettes devant eux. Nadia attaqua aussitôt ses desserts et ferma les yeux en sentant les saveurs exploser sur son palais. Bon sang, ce gâteau devait être rempli de sucre, de beurre et de tout ce qu'il y avait de pire pour la santé. C'était divin. Du bonheur à manger. Le pâtissier était un génie.

Elle constata après quelques instants qu'Ethan n'avait pas touché à son plat. Bras croisés, il la considérait avec un amusement visible.

— J'en déduis que c'est bon ?

— Bon ? répondit-elle en riant. Le terme est trop faible. C'est... c'est... il n'y a pas de mots pour l'exprimer, conclut-elle enfin.

Une chose était sûre, elle n'avait pas à feindre son plaisir. Il était sincère, impossible à cacher. Ethan sourit et se mit à manger à son tour — une viande quelconque qui laissait Nadia de marbre. Ses desserts, ça, c'était quelque chose !

Elle renonça bien vite à faire la conversation. Les deux gâteaux requéraient toute sa concentration. Elle les attaquait tour à tour, une bouchée de l'un, une cuillerée de l'autre. Elle paniqua presque lorsqu'elle se demanda lequel terminer en premier. Pour un dilemme...

Et non, elle ne se sentait pas « fondre » en présence d'Ethan, merci beaucoup. Elle n'était pas saisie d'une soudaine bienveillance à son égard sous prétexte qu'il l'avait emmenée dans cet endroit merveilleux. C'était un rustre, elle ne l'oubliait pas. Elle ne prenait pas le moindre plaisir à partager ces instants avec lui. Oh non.

— A quoi pensez-vous ? questionna-t-il après quelques instants. Vous êtes bien silencieuse, tout à coup.

Et pour cause. Elle avait la bouche pleine de crème pâtissière. Mais le sucre commençait à faire effet et à lui redonner l'énergie qui lui faisait défaut. Sa langue se délia en même temps que sa combativité resurgissait.

— Je rédige mentalement mon compte rendu de cette soirée, lui répliqua-t-elle.

Une expression énigmatique passa sur les traits d'Ethan mais s'évanouit aussitôt. Il reposa ses couverts et repoussa son assiette.

— Que comptez-vous en dire ? demanda-t-il d'une voix plus doucereuse que la garniture de son mille-feuille.

— Vous verrez bien. Et j'ai hâte d'être à notre second rendez-vous. Vous savez, celui où vous allez « transformer l'essai ».

Ethan lui adressa un sourire insolent.

— Pas autant que moi.

— Mais c'est moi qui choisis le programme de la soirée, cette fois. Après tout, aller au cinéma, c'était votre idée, pas la mienne.

— Pas de problème. Que voulez-vous faire ?

La capitulation était un peu trop rapide pour être honnête. Nadia décida qu'elle s'en inquiéterait plus tard.

— Eh bien... nous pourrions sortir dans la journée, plutôt que le soir ?

Oui, c'était plus sûr comme ça. Elle lui donnerait rendez-vous dans un endroit public, là où elle ne risquait rien. Elle ne voulait pas l'envoyer paître avant leur rendez-vous final, ce qui l'obligeait à faire prendre la mayonnaise doucement au cours des deux premiers.

— Dans la journée ? répéta Ethan, remerciant d'un signe de tête le serveur venu récupérer leurs assiettes.

— Oui. Dimanche, ça vous convient ?

A quoi bon traîner ? Plus vite cette affaire serait terminée, mieux elle se porterait.

— Dimanche, c'est parfait.

Il leur resservit du vin avant d'ajouter :

— Je suis impatient d'y être, moi aussi. Je dois avouer que j'apprécie beaucoup votre compagnie.

Nadia réprima un petit rire — l'ironie d'Ethan était évidente. Elle porta son verre à ses lèvres.

— Vous avez dit que vous n'essaieriez pas de m'impressionner, lui rappela-t-elle.

Il haussa les épaules, mais son sourire charmeur continua d'irradier comme un soleil.

— Pardon. Les habitudes ont la vie dure.

— Vous faites toujours des compliments aux femmes avec lesquelles vous sortez ?

— Toujours. Vous y voyez une objection ?

— Non. Sauf si vous n'êtes pas sincère.

— Mais je suis sincère.

— Toujours ? insista Nadia, reposant son verre en fronçant les sourcils.

— Bien sûr.

— Ça ne vous arrive jamais de faire un compliment en l'air, juste pour faire plaisir ?

— Et si c'était le cas, ce serait mal ?

— Comme je vous l'ai dit, si ce n'est pas honnête...

Ethan l'interrompit d'un geste et se pencha vers elle.

— Très bien. Vous voulez que je sois honnête ? Alors voilà : je vous trouve sublime dans cette robe. Vous êtes incroyablement séduisante. Ça ne me ravit pas, parce que les choses seraient beaucoup plus faciles si ce n'était pas le cas, mais je pense honnêtement que vous êtes... que vous êtes...

— Que je suis quoi ?

— C'est comme votre dessert : il n'y a pas de mots pour l'exprimer. Vous devriez plutôt sentir l'effet que vous me faites, c'est plus parlant.

Vif comme l'éclair, il lui agrippa la main et la plaqua contre son torse avant que Nadia puisse réagir. A travers le coton de sa chemise, elle perçut aussitôt la chaleur de sa peau et les battements de son cœur. Elle prit soudain conscience de son cœur à elle — il cognait à l'unisson. Un drôle de bruit lui emplissait les oreilles, peut-être le rugissement de son sang dans ses veines. Sa respiration s'accéléra et, à son grand dam, une langueur familière s'éveilla au creux de son être.

Impossible de s'y méprendre. Son corps se préparait pour Ethan.

Elle resta pétrifiée pendant cinq longues secondes, puis le brouhaha du restaurant pénétra de nouveau ses sens et lui fit reprendre conscience de son environnement. Elle était allongée ou presque sur la table d'un restaurant gastronomique, hypnotisée par le regard cannelle d'un homme qui n'était là que pour lui donner une bonne leçon.

Alors elle se rappela ses règles.

Ne vous jetez pas dans ses bras. Gardez une part de mystère.

Elle inspira profondément, tentant de reprendre le contrôle de ses muscles. Ethan était un véritable aimant à femmes et il le savait. Il était très difficile, en sa présence, de faire preuve de retenue. Telle une paille de métal, elle était irrésistiblement attirée vers lui. Mais elle serait, se répéta-t-elle avec un regain de détermination, celle qui lui échapperait.

Avec un calme qu'elle était loin de ressentir, elle ôta sa main de la sienne et la cacha sous la table, agitant les doigts pour en chasser les fourmillements.

— Vous êtes doué, je le concède. Vous aimez être désiré, n'est-ce pas ? C'est sûrement pour ça que vous maniez si bien le compliment. Pour satisfaire vos propres besoins, pas ceux de vos conquêtes.

Ethan lui adressa un regard impassible. Mais, lorsqu'il parla, sa voix trahissait une certaine irritation.

— Et vous êtes très douée pour vous faire des idées. Pour ma part, je préfère m'en tenir aux faits. Figurez-vous que je me suis renseigné sur votre compte.

— Et quels faits pensez-vous avoir découverts ? lui demanda Nadia, qui sentait sa colère se ranimer.

— Ceux que vous avez rendus publics en les mettant sur internet. Ça n'a pas été très difficile à trouver. Le premier sujet sur *1FemmeAvertie*...

Il marqua une pause, ménageant ses effets avant d'assener le coup de grâce.

— Rafe Buxton, c'est bien comme ça qu'il s'appelait ?

Elle évita de répondre en piquant du nez dans son vin. Sa tête s'était mise à tourner. Comment osait-il évoquer cet épisode de sa vie ? C'était personnel.

— Qu'est-ce qui vous a pris de sortir avec un type qui s'appelle « Rafe » ? Ça aurait dû vous mettre la puce à l'oreille, railla Ethan, remplissant son verre sitôt qu'elle le posa.

— Je n'ai pas l'intention d'en discuter avec vous. Vous êtes totalement incapable de la moindre empathie. Tout ce qui vous intéresse, c'est de gagner.

— Pas le moins du monde. J'essaie juste de comprendre ce qui a fait de vous qui vous êtes et ce qui vous motive.

Nadia le fusilla du regard en silence, ce qui n'eut pas l'air de l'intimider outre mesure.

— Alors comme ça, Rafe aimait les femmes vierges ? On peut même dire que c'était un collectionneur ?

Nadia s'empourpra sous l'effet d'un mélange de fureur et d'embarras. Oui, elle s'était montrée stupide. Elle le savait et n'avait pas du tout, mais alors pas du tout envie d'en parler. Elle ne voulait pas évoquer ses erreurs passées avec un autre prédateur sexuel. Elle avala une énième gorgée de vin, la plus généreuse possible.

— Bon, votre premier amant était un abruti, résuma Ethan. Pas la peine de laisser une simple erreur vous traumatiser à jamais.

Cette fois, Nadia se voyait mal ne pas répondre à l'accusation.

— Je refuse qu'il s'en tire à si bon compte, expliqua-t-elle. C'est tout. Il choisit ses proies parmi des jeunes filles naïves, qui goûtent à la liberté pour la première fois après avoir quitté le nid familial.

Assistant professeur à l'université, Rafe Buxton épatait facilement les étudiantes. Son physique était agréable, son charme inspirait la confiance et ses capacités intellectuelles — ou du moins le vernis de culture qui en tenait lieu — achevaient d'impressionner les plus crédules. Lorsqu'elles découvraient sa véritable personnalité, il était souvent trop tard.

— Mais nous faisons tous des erreurs, déclara Ethan. C'est humain.

Nadia secoua la tête, agacée.

— Il y a une différence entre faire des erreurs et être victime d'un pervers.

Oui, une victime, c'était bien ce qu'elle était. Elle et des dizaines d'autres.

— Personne ne devrait perdre ses illusions de cette façon, murmura-t-elle.

— Mais tout le monde doit faire face à la réalité un jour ou l'autre. Accepter la mort de ses illusions. C'est un processus normal.

— Parce que vous pensez que c'est ça, la réalité ? riposta Nadia, ulcérée. Les types comme Rafe Buxton ? Vous ne pensez pas que l'amour existe ?

— L'amour comme dans les contes de fées ? Non.

Son cynisme était blessant, même s'il n'aurait pas dû la surprendre. Et elle devait bien admettre, après son expérience avec Rafe, qu'il n'avait pas complètement tort.

Les faits remontaient à sa première année d'université. Elle avait grandi dans une petite ville du nord de l'Angleterre où elle avait mené une existence calme, protégée. Ses parents et ses frères l'avaient couvée avec une affection qui était vite devenue étouffante. Quand Nadia avait enfin quitté le cocon familial, elle n'était qu'une jeune fille candide, guère préparée à affronter les pièges de la vie.

— Soyons clairs, je ne cherchais pas l'âme sœur. Juste à prendre du bon temps, dans un minimum de respect mutuel. Au final, j'ai été traitée comme un numéro.

Pire encore : comme un objet. Les femmes, pour Rafe Buxton, n'étaient qu'un jeu pervers. Une fois qu'il avait décroché le trophée qui l'intéressait — la virginité de Nadia, en l'occurrence —, il passait à la suivante, parfois dans la même semaine.

Et la suivante, dans ce cas précis, avait été... Megan.

Aucune des deux n'avait eu conscience de l'existence de l'autre. Ou plutôt des autres.

— Vous vouliez du respect, répéta Ethan comme s'il enregistrait l'information.

— Et de l'honnêteté.

Oui, Rafe Buxton s'était joué d'elles. Lorsqu'elles s'en étaient aperçues, au détour d'une conversation anodine pendant une soirée, Megan et elle étaient devenues les meilleures amies du monde. C'était le seul point positif de ce naufrage. C'était de leur mésaventure commune qu'était né le site *1FemmeAvertie*.

— L'honnêteté, c'est vraiment important pour vous, on dirait.

Le regard d'Ethan s'était assombri — l'ambre avait viré à l'onyx. Nadia acquiesça.

— C'est primordial, oui.

Sans honnêteté, pas de confiance. Et, sans confiance, comment construire une relation durable ?

— Pourtant, vous n'êtes pas très honnête, fit valoir son compagnon.

Nadia se redressa sur sa chaise, horrifiée.

— Bien sûr que si, je le suis !

Il secoua la tête mais sourit pour adoucir l'accusation.

— Menteuse. Vous vous dissimulez derrière votre site. Derrière votre petite taille et vos grands yeux. Vous voulez faire croire que vous êtes une petite chose fragile dépassée par les événements.

Elle le fixa en silence, stupéfaite. Comment pouvait-il se tromper à ce point ? Elle détestait être perçue comme faible, ou vulnérable, sous prétexte qu'elle était petite. Alors jouer de sa taille ? Elle avait passé sa vie entière à la faire oublier !

— C'est faux. On a abusé de moi mais je n'ai jamais fui mes responsabilités. C'est moi qui me suis montrée stupide, je ne le nie pas.

— Vous avez donc décidé de ne jamais reproduire cette erreur. Et, si possible, de l'épargner à toutes les femmes du monde grâce à votre site.

Nadia but coup sur coup deux gorgées de vin, le temps de remettre un semblant d'ordre dans le chaos émotionnel qui faisait rage en elle. Ethan voyait les choses de manière simpliste. La vérité était infiniment plus complexe. Le nez dans son verre, elle inspira profondément et laissa les vapeurs d'alcool saturer ses sens.

— Parlez-moi de votre travail chez Hammond, reprit Ethan, changeant de sujet de manière inattendue. Est-ce aussi formidable que tout le monde le dit ?

Nadia refusa cette invitation tacite à se détendre. Comme elle venait de s'en rappeler, cela faisait partie de sa stratégie. *Faites parler les femmes et elles vous tomberont dans les bras.*

Pas elle.

— Mon travail n'est pas très intéressant. Parlons plutôt du vôtre. Comment êtes-vous devenu avocat ?

Puisque tout cela n'était qu'un jeu pour lui, très

bien, elle allait jouer, décida Nadia. Mais selon ses règles à elle.

— Ce n'est pas très intéressant non plus, lui répliqua-t-il.

Elle redressa la tête et se rendit compte qu'il l'observait avec attention. Lorsqu'elle voulut détourner le regard, elle constata qu'elle en était incapable. La pièce s'était estompée dans un brouillard indistinct dont émergeaient uniquement le visage d'Ethan et ses yeux ardents.

Nadia avait la tête qui tournait — un effet combiné du sucre, du vin, de la chaleur de l'endroit. Non, Ethan n'y était pour rien, se répéta-t-elle farouchement. Elle secoua la tête pour s'éclaircir les idées.

Dieu merci, son compagnon rompit de lui-même la magie en se tournant pour héler le serveur et lui demander l'addition.

— Il est tard. Rentrons.

Le trajet en taxi parut bien plus court à Nadia que celui qui les avait conduits au restaurant. Cette fois, elle ne se souciait plus de partager une banquette avec Ethan — le taxi était pourtant plus petit que le précédent. Son cœur battait la chamade, ses paumes étaient moites. Elle tremblait presque d'impatience et d'excitation. Dans quelques instants, Ethan allait faire exactement ce qu'elle attendait de lui. Il tenterait de l'embrasser.

Et elle se déroberait.

D'interminables secondes s'écoulèrent mais rien ne se passa. Etrange... Ethan était silencieux, perdu dans ses pensées. Nadia lui jeta un regard de biais, impatiente, dans l'espoir de déchiffrer son expression. Il tourna la tête vers elle et lui sourit.

Elle eut l'impression de recevoir un seau d'eau glaciale en pleine figure. Elle cligna des yeux, prise de court : il n'y avait pas le moindre désir dans le regard d'Ethan, pas la moindre chaleur. Sa jolie robe neuve, son sourire et ses œillades langoureuses le laissaient de marbre, malgré ce qu'il avait affirmé. En cet instant précis, il paraissait amusé plutôt que troublé. Elle profita d'un virage pour se pencher vers lui, juste au cas où il aurait besoin d'encouragements. Il ne réagit pas. Ou plutôt si : il s'écarta.

Mais que se passait-il ? Elle ne comprenait plus rien. N'était-il pas censé lui faire des avances ? Où était le don Juan compulsif dont toutes ces femmes parlaient sur son forum ? Ou alors, c'était que le problème venait d'elle. Et si elle n'était pas à son goût ?

Le taxi s'arrêta enfin. Ethan mit pied à terre pour payer.

— Je vous raccompagne jusqu'à votre porte, expliqua-t-il en réponse au regard surpris de Nadia. Je rentrerai chez moi à pied.

— Je vous préviens, je ne compte pas vous inviter à prendre un dernier verre, riposta-t-elle, blessée par sa politesse.

Il haussa les épaules, indifférent.

— Je n'y comptais pas.

Nadia se laissa gagner par la colère. Il lui fallait admettre la douloureuse vérité : elle n'intéressait pas Ethan. Elle aurait simplement voulu savoir pourquoi, puisqu'il avait la réputation de sauter sur tout ce qui bougeait !

De nouveau, il lui posa une main dans le dos pour la conduire jusqu'à son immeuble. Comme la première fois, une décharge électrique partit du point de contact pour irradier dans tout son corps. La gorge nouée par une rage impuissante, Nadia se força à mettre un pied devant l'autre.

Puis elle le sentit : c'était un mouvement presque imperceptible, mais elle ne pouvait pas se méprendre. Du pouce, il lui caressait l'échine.

Victoire ! C'était le signal tant attendu. Une intense satisfaction s'empara d'elle à l'idée qu'Ethan allait bientôt tenter sa chance, comme elle l'avait espéré. Elle ralentit l'allure pour savourer l'instant, un sourire aux lèvres. Elle imaginait déjà la tête qu'il ferait lorsqu'elle le repousserait. Elle se montrerait ferme mais taquine, histoire de lui donner l'illusion malgré tout que quelque chose était possible entre eux. Elle ne voulait pas le décourager complètement alors qu'ils devaient se revoir encore deux fois.

Parvenue devant sa porte, elle glissa la clé dans sa serrure, ouvrit et alluma à l'intérieur. La lumière baigna d'un halo doré le palier où ils se tenaient. C'était parfait, romantique à souhait. Nadia se tourna vers Ethan pour lui souhaiter bonne nuit, incapable de contenir son sourire.

Il était *vr*aiment très grand. Les yeux baissés vers elle, il souriait lui aussi. Mais de nouveau elle fut frappée par l'absence totale de désir sur son visage. Il paraissait... goguenard, ce qui acheva de la déstabiliser et d'ébranler ses certitudes.

— Merci pour cette soirée très instructive, Nadia.

De l'ironie. Impossible de l'ignorer.

Oui, il se payait sa tête. Elle avait sans doute mal interprété son geste quand elle avait cru qu'il lui caressait le dos. Il n'était pas sur le point de l'embrasser. Nadia en fut vexée. Et déçue. Et furieuse. Mais elle n'allait pas le laisser s'en tirer à si bon compte.

— A dimanche, alors, reprit-il.

Avant qu'il puisse se retourner, elle agrippa le devant de sa chemise et se dressa sur la pointe des pieds.

Puis elle l'embrassa.

Ethan se figea. Il ne se déroba pas mais ne lui rendit pas pour autant son baiser. Pas assez sensuel, peut-être ? Elle décida d'y mettre un peu plus d'ardeur et lui mordilla la lèvre inférieure. Cette fois, elle crut sentir une réaction, comme un frémissement. Puis plus rien. Nadia finit par capituler, consciente d'avoir commis une terrible erreur.

— C'était quoi, ça ? demanda Ethan d'une voix sourde.

— Simple curiosité, répondit-elle avec un détachement feint, improvisant une ligne de défense. Je voulais voir si vous étiez aussi merveilleux qu'on le dit.

S'était-il rapproché d'elle ou était-ce son imagination ? Elle aurait juré sentir la chaleur qui émanait de son corps.

— Quel est le verdict ?

— Bof.

— Je croyais que l'une de vos sacro-saintes règles, c'était de ne pas vous jeter dans les bras d'un homme le premier soir ?

— Je ne savais pas que nous observions mes règles.

Il éclata de rire, une onde grave qui enveloppa Nadia comme un vent chaud.

— Je ne joue certainement pas selon les miennes, lui rétorqua-t-il. Et, si vous croyez que c'est ce que j'attends d'une femme, vous vous trompez. Vous avez beaucoup à apprendre, croyez-moi.

— Oh, par pitié, ne me traitez pas comme une enfant.

— Désolé, princesse, mais vous ne pouvez pas sauter sur un homme et lui fourrer votre langue dans la bouche. Ça ne se fait pas.

Mortifiée, Nada rougit jusqu'à la pointe des oreilles.

— Vous voulez dire que j'embrasse mal ?

Quel crétin. Elle ne lui avait pas « fourré sa langue dans la bouche » et il le savait. Il se montrait délibérément vulgaire.

— Disons qu'une petite leçon de séduction ne vous ferait pas de mal.

Cette fois, elle en était sûre : il venait de faire un pas vers elle !

Elle voulut le repousser, mais autant s'attaquer à une montagne. Il ne bougea pas et elle se pétrifia, ses mains en apparence minuscules contre son torse. D'instinct, elle referma les doigts sur le tissu de sa chemise.

— Pour commencer, dit-il d'un ton narquois, la sobriété est la clé du succès.

— Oh ! vraiment ?

Nadia redressa le menton, vexée, et posa sur lui un regard furieux. Elle planta ses ongles dans sa peau avec un plaisir pervers.

Apparemment insensible à la douleur, Ethan continua d'avancer jusqu'à la coincer contre le mur du couloir, sur lequel il prit appui des deux mains.

— Tout le plaisir réside dans l'attente, vous ne le saviez pas ?

— Seulement si le résultat final est décevant, rétorqua-t-elle. S'il est aussi extraordinaire qu'on le dit, en revanche, l'attente devrait pâlir en comparaison.

— Oh ! vous vous trompez. Il faut vivre chaque instant comme si c'était le dernier. C'est bien plus agréable.

Ethan s'immobilisa, son visage à quelques millimètres du sien, pour expliquer :

— D'abord, vous commencez par effleurer les lèvres de la fille, sans appuyer...

Il illustra ses propos par l'exemple. Sa bouche caressa la sienne, presque imperceptiblement. Elle voulut protester mais il recommença, encore et encore. Ce n'était pas un véritable baiser, juste un avant-goût incroyablement sensuel de délices à venir. Nadia soupira et entrouvrit les lèvres, incapable de se retenir. Elle voulait davantage mais Ethan reculait à chacun de ses assauts.

— Tss-tss, fit-il, taquin. Faites-vous désirer. Ne passez à l'étape suivante que lorsqu'on vous supplie.

Sa main droite jouait d'elle comme d'un instrument, traçant des lignes invisibles dans son cou. Il la touchait à peine, avec une délicatesse infinie, mais elle sentait la force qui pulsait derrière.

Et elle brûlait d'envie d'en devenir l'esclave.

— Vous continuez comme ça, tout doucement, jusqu'à ce que la fille ne pense plus qu'une chose : « encore, encore, encore ».

Il ponctua ses paroles de baisers taquins, sur ses pommettes et sa mâchoire, explorant son visage. Elle finit par tourner la tête, ivre de frustration, pour remettre ses lèvres sur le trajet des siennes.

Elle comprenait mieux, à présent, la puissance de son charme. Il envoûtait ses victimes par la magie de sa voix, par ses caresses tout en retenue. Il leur embrouillait l'esprit et leur donnait envie de faire le premier pas. Nadia brûlait de se livrer à lui corps et âme mais un reste de raison la retenait encore. Elle ne voulait pas devenir son jouet.

Ses conseils de séduction marchaient dans les deux sens, songea-t-elle en un éclair de génie salvateur. Elle déploya les doigts sur le torse d'Ethan et il tressaillit. Sa peau, sous sa chemise, paraissait en feu. Elle effleura à son tour ses lèvres avant de glisser le long de sa mâchoire.

Ethan était immobile comme une statue. Sa main

gauche appuyait toujours sur le mur, la droite lui enveloppait la nuque. Mais il ne l'embrassait plus.

Une peur panique explosa en elle. Il allait la repousser, c'était sûr. Puis elle l'entendit prendre une inspiration rauque, un son étranglé qui témoignait de son trouble : il luttait pour ne pas perdre le contrôle.

Elle sourit et accentua sa pression sur son torse, sur sa joue. Le problème, c'était que plus elle le tourmentait, plus elle se mettait en danger.

Ethan finit par interrompre sa contre-attaque en lui agrippant les poignets et en les immobilisant dans son dos. Elle s'arc-bouta par réflexe, plaquant son bassin contre le sien.

Ils s'embrassèrent de nouveau. Cette fois, il n'était plus question de taquiner ou de suggérer. C'était un assaut frontal, un déferlement de passion animale. Ethan pesait de tout son poids sur elle et Nadia prit conscience du moindre centimètre carré de son corps. Ses nerfs chantaient comme un câble à haute tension, un brasier invisible la consumait tout entière. Elle retourna le baiser d'Ethan avec la même fureur. Au diable les conséquences ! Leurs passions fusionnèrent pour donner naissance à une force primitive qui les balaya tous deux. C'était de la folie. Nadia s'agrippa à lui, haletante, certaine qu'elle mourrait s'il la relâchait. Dieu merci, il ne paraissait pas en avoir l'intention. Il lui tenait toujours les poignets et venait même de glisser un genou entre ses cuisses. D'une jambe, elle lui crocheta le mollet telle une liane s'enroulant autour de lui. Il était dur comme de l'acier — de partout. Nadia était au septième ciel.

Puis il se détacha sans crier gare, le souffle court. Son étreinte, sur ses poignets, se raffermit au point d'en devenir douloureuse.

— Je n'ai pas l'intention de vous faciliter la tâche, princesse. Oh ! bien sûr, nous pourrions passer à la suite. Il suffirait d'aller dans votre chambre pour finir ce que nous avons commencé. Mais à quoi bon ?

Il avait l'air furieux. Plaquée contre lui, Nadia oscillait toujours entre extase et agonie.

— Si nous faisons l'amour, reprit-il, vous le regretterez demain matin. Vous vous persuaderez une nouvelle fois qu'un goujat s'est servi de vous. Vous confirmerez toutes les horreurs qu'on dit sur mon compte. Vous me traiterez de séducteur maladif alors que c'est vous qui avez commencé. Et c'est moi qui dis stop.

A contrecœur, Nadia laissa glisser sa jambe à terre. Tout son corps palpitait, elle aurait juré sentir la course impétueuse de son sang dans ses veines. Ethan la libéra enfin et fit un pas en arrière. Elle s'adossa au mur comme pour s'y fondre, incapable d'affronter son regard. Mortifiée, elle se contenta de fixer ses mains — ou plutôt ses poings serrés.

— Je n'ai pas l'intention de profiter d'une femme qui a bu un verre de trop.

— Je n'ai pas...

Elle s'interrompit. Mais oui ! L'alcool lui fournissait une excuse rêvée pour justifier son comportement.

D'ailleurs, peut-être qu'elle était vraiment ivre ! Elle avait l'esprit embrumé, les jambes flageolantes et la tête qui tournait. Avec seulement deux gâteaux en guise de dîner et plusieurs verres de vin... Oui, c'était ça. Elle était complètement pompette. Elle n'était pas une femme facile, ça, non. Juste un peu éméchée.

Déjà, les regrets l'assaillaient. Qu'avait-elle fait ? Elle avait été à deux doigts de devenir sa dernière conquête. Et il avait raison, c'était elle qui s'était jetée dans ses bras. Elle s'était imaginé pouvoir contrôler la situation, contrôler Ethan lui-même. Elle avait échoué. Et de façon spectaculaire.

Il la dévisageait avec un demi-sourire, comme s'il avait lu dans ses pensées.

— Vous voulez attribuer votre conduite à l'alcool, Nadia ? Ce serait pratique, n'est-ce pas ?

Oh que oui ! Mais au bout du compte elle n'en ferait rien. Elle le désirait depuis qu'elle avait posé les yeux sur lui. Elle avait beau le considérer comme un abruti, l'attraction était bel et bien là, puissante et traîtresse comme une lame de fond. *Satanées hormones.*

— J'aimerais que vous me laissiez, maintenant.

Ethan secoua la tête.

— Non. Vous avez affirmé que vous étiez du genre honnête. Alors soyez-le et reconnaissez que je vous plais autant que vous me plaisez.

Nadia ne répondit pas. Comment le pouvait-elle ? Bien sûr, qu'il lui plaisait, c'était bien là tout le problème ! Quelque chose en lui la rendait folle.

Aux yeux d'Ethan, en revanche, elle n'était qu'une femme parmi d'autres. Il n'avait même pas essayé de l'embrasser ! Il ne l'avait fait que lorsqu'elle s'était offerte à lui sur un plateau d'argent. Bon sang, quelle humiliation…

Sans crier gare, il fit un pas en avant pour la coincer de nouveau contre le mur.

— Vous savez que c'est vrai, reprit-il d'une voix impérieuse. Et maintenant votre impatience est à son comble, parce que vous avez goûté au fruit défendu. Vous savez ce qui pourrait se passer entre nous. Vous avez entrevu un avenir possible…

Il approcha son visage du sien, à tel point que son souffle caressa ses lèvres.

— Vous n'allez pas en fermer l'œil de la nuit. Vous allez vous retourner dans votre lit, à penser à ce que nous pourrions faire tous les deux. Moi, en tout cas, j'ai une idée assez précise de ce que j'aimerais vous faire…

Tremblante, Nadia essaya de le repousser. En vain. Elle était bel et bien dégrisée, à présent. Ethan était un crétin de première, un monstre d'arrogance, et elle s'en voulait de s'être laissé prendre au piège de son charme.

C'est vrai, elle avait été flattée de se sentir désirée. Mais, de la part d'un tel homme, était-ce vraiment un compliment ? Ce n'était pas elle en particulier qui l'intéressait, c'étaient les femmes en général. Elle était juste la première représentante de l'espèce à portée de main.

— Vous n'avez pas de raison de m'en vouloir, lui rappela-t-il. Je me suis conduit en parfait gentleman.

Nadia en avait assez entendu. Elle se précipita sans répondre à l'intérieur et claqua la porte de toutes ses forces.

A travers le battant, elle entendit le rire grave d'Ethan s'éloigner dans le couloir.

Chapitre 5

Nadia but trois grands verres d'eau glacée d'affilée — elle avait le visage aussi brûlant que si elle venait d'avaler du piment — et lâcha le verre dans l'évier. Elle ne réagit même pas en l'entendant se briser contre la cuve en inox. Le visage dans les mains, elle se morigéna tant et plus. Elle avait honte de son comportement. Tout ça, c'était la faute d'Ethan. Et il allait payer. Oh oui, elle allait lui faire regretter de s'être moqué d'elle.

D'un pas décidé, elle se dirigea vers son ordinateur et se connecta au blog *1FemmeAvertie*. Sans s'accorder le temps de réfléchir, elle laissa la colère guider ses doigts sur le clavier.

Vous avez toutes lu, dans le sujet « Trois Rencards et Bye-Bye », que M. Trois Rencards en personne m'a lancé un défi : sortir à trois reprises avec lui afin qu'il me prouve qu'il n'est pas le crétin insensible que de nombreuses femmes ont décrit. Une idée intéressante, pas vrai ? Elle en dit long sur le bonhomme. Quelqu'un a dit « prétentieux » ? Il faut vraiment qu'il soit imbu de lui-même pour s'imaginer qu'il va me conquérir en trois jours. Il est tellement sûr de son charme qu'il pense pouvoir me convaincre qu'il est victime d'une cabale et qu'en réalité c'est un homme adorable.

Ridicule ? Sans doute. Mais je suis fair-play et je suis prête à lui accorder le bénéfice du doute. J'ai donc accepté de sortir avec lui et de lui donner sa chance.

Parlons-en donc, de ce premier rencard. Il m'a emmenée au cinéma. Comme vous le verrez sur son blog, HommeAFemmes, il pense qu'une comédie romantique est l'outil idéal pour « assouplir » une femme dès le premier rendez-vous. Je pense exactement le contraire et il le sait. Preuve que, malgré tout ce qu'il professe, il n'est pas si à l'écoute que ça !

Je l'ai convaincu de me laisser choisir le film, un pensum de trois heures. Il a vite compris que nous n'allions pas en sortir en roucoulant ! De toute façon, les comédies romantiques, ce n'est pas mon truc. Je suis plutôt branchée thrillers ou films d'horreur, avec une touche de gore, s'il vous plaît. J'aime l'adrénaline. Mais je n'avais pas l'intention de lui mâcher le travail en allant voir un film qui m'intéressait. Après tout, c'était à lui de me séduire, non ?

Donc, leçon n° 1 pour M. Trois Rencards : vous ne pouvez pas ranger toutes les femmes dans la même boîte. Nous avons toutes des goûts différents.

Tiens, si vous étiez une glace, vous ne seriez pas mon parfum préféré !

Oh ! vous êtes séduisant, je le reconnais. Mais y a-t-il quoi que ce soit derrière cette belle façade ? Je ne crois pas. C'est un décor de cinéma. Alors, mesdemoiselles, voici en résumé ce que j'ai appris ce soir :

— M. Trois Rencards est le genre d'homme qui remplit votre verre quand vous avez le dos tourné.

— M. Trois Rencards s'imagine que, sous prétexte qu'il vous emmène dans un restaurant chic, il n'a plus le moindre effort à fournir.

— M. Trois Rencards est le genre d'homme qui élude les questions personnelles, comme s'il redoutait de révéler la moindre information susceptible d'être utilisée contre lui. En sus d'être une forme de gibier, les femmes sont aussi et surtout, à ses yeux, des ennemies potentielles.

Vous l'avez compris : pour le moment, M. Trois Rencards mérite largement la réputation qu'il s'est forgée. C'est un séducteur invétéré. S'il veut prouver le contraire, la balle est dans son camp. Mon évaluation après ce premier rendez-vous ?

Recalé.

Ethan parcourut le message qui était déjà en ligne lorsqu'il arriva chez lui après avoir traversé la moitié de la ville d'un pas vif. L'effort n'avait pas suffi pour dissiper la tension qui lui raidissait les muscles. De dépit, il alla droit vers son bar et se servit un whisky sec qu'il avala d'un trait. L'alcool lui brûla la gorge, mais pas autant que les insultes de Nadia. Quoi, c'était sa faute si elle buvait comme un trou ? Dès qu'il la servait, elle vidait son verre !

Sa soif ne se limitait d'ailleurs pas au vin, comme il s'en était rendu compte devant la porte de son appartement. Le problème avec cette fille, c'était qu'elle vivait dans un déni total de la réalité, dans un monde qu'elle s'était fabriqué de toutes pièces.

La réalité, il allait la forcer à l'affronter. Bien sûr, il comprenait pourquoi elle se comportait comme elle le faisait. Son ex avait profité de sa naïveté et lui avait brisé le cœur. Mais il n'était pas Rafe Buxton. Ce crétin et lui n'avaient absolument rien en commun. Ethan, pour commencer, respectait les femmes.

Qu'y avait-il de mal à les emmener dans un bon restaurant ? se demanda-t-il en relisant le message vengeur pour la énième fois. Il ne méritait pas un tel déferlement de haine. D'autant que le compte rendu de Nadia omettait une bonne moitié de la soirée — la plus intéressante à son goût ! Plus furibond qu'il ne l'aurait cru possible, il s'installa à son ordinateur. Nadia Keenan n'allait pas s'en tirer à si bon compte.

Rendez-vous n° 1 :

Rappel des faits : MissCynique et moi sommes sortis ensemble ce soir. Je lui ai fait le plan cinéma. A l'amour comme à la guerre, MissCynique avait lu mon blog et s'était préparée. Elle a refusé d'aller manger une pizza et a dit non à la comédie romantique. Elle a prétendu qu'elle voulait voir de longue date l'un de ces films d'auteur interminables et j'ai accepté. A ma grande surprise, je ne l'ai pas trouvé si mauvais, mais MissCynique s'est retrouvée prise à son propre piège et a gigoté dans son fauteuil pendant toute la séance. Tiens ! Elle vient tout juste de publier un compte rendu sur son blog. Apparemment, elle aime les films d'horreur. Ça ne m'étonne pas.

Puisque le film était français, j'ai eu l'idée de continuer sur ce thème et de l'emmener dans l'un des meilleurs restaurants de la ville. Je les ai appelés depuis le cinéma, juste avant la séance, pour réserver une table. Leçon n° 1 : soyez toujours prêt à rebondir pour remettre une soirée qui tourne mal sur les rails. Et, au passage, je précise que je préconise toujours d'aller voir une comédie romantique, même quand la miss vous dit qu'elle préfère les films d'horreur !

Mais je m'égare. Retour au restaurant. A lire le blog de MissCynique, on pourrait croire qu'elle en est ressortie déçue. Déçue de moi, peut-être, mais pas de ce qu'elle y a mangé ! J'ai cru qu'elle allait avoir un orgasme en dévorant ses deux desserts. Oui, deux, vous avez bien lu.

Mais le plus intéressant reste à venir. Sur son blog, vous trouverez ses cinq règles pour réussir un premier rendez-vous galant. Devinez combien de ses propres règles MissCynique a bafouées ce soir ? Je vous le donne en mille…

Eh oui, toutes les cinq !

Elle est allée au cinéma. Elle a bu (et c'est elle qui m'a demandé de la servir, au fait !). Elle a parlé de son ex. Et on ne peut pas dire qu'elle ait essayé de garder sa part de mystère. Oh, bon sang ! Oserais-je suggérer que…

Oui. Elle s'est jetée dans mes bras.

Mais voilà : je suis quelqu'un de bien. Leçon n° 2 : un gentleman veille à raccompagner sa compagne d'un soir chez elle et met un point d'honneur à ne pas profiter de sa faiblesse. Un gentleman sait faire preuve de discrétion.

Apparemment, MissCynique aussi, car je ne lis rien de ce charmant épisode sur son blog.

Je l'avoue sans détour, je ne suis pas surpris. Je n'attends rien d'autre d'une femme qui se cache derrière un pseudonyme pour lancer ses attaques. Mon nom est traîné publiquement dans la boue sur son site mais MissAigrie, pardon, MissCynique, se cache derrière un écran d'ordinateur. Je suis nommé, comme des dizaines d'autres hommes, sur un site où les femmes se déchaînent sous couvert d'anonymat. Vous trouvez ça normal ?

Vais-je révéler l'identité de MissCynique ? Je le pourrais. Je sais que vous en mourez d'envie. Mais j'ai fait une promesse et, contrairement à ce qu'en disent certaines, je suis un homme de parole.

Je sais aussi ce que vous vous demandez d'autre. MissCynique est-elle une vieille fille aigrie, comme son pseudo le laisse supposer ? Tout ce que je peux vous dire, c'est qu'elle n'est pas vieille. Si j'étais vous, mesdemoiselles, j'y regarderais à deux fois avant de suivre aveuglément les conseils d'une gamine sans expérience.

La suite au prochain épisode…

Nadia mit dix minutes à lire la réponse d'Ethan, en partie parce que la colère l'aveuglait et faisait danser des points rouges devant ses yeux. Il avait entrepris, avec habileté, elle devait le reconnaître, de saper sa position et de rendre son anonymat intenable. La situation tout entière devenait intenable. D'un geste brusque, elle referma son portable sans se soucier du craquement de protestation des charnières. Puis elle lui tourna le dos et alla prendre une douche.

Même glaciale, l'eau ne parvint pas à faire descendre la fièvre rageuse qui la dévorait. Chaque fois qu'il abattait une carte, Ethan gagnait la manche. Le pire, c'était que tout ce qu'il écrivait était vrai. C'était juste son interprétation des faits qui était biaisée. Bien sûr, qu'elle s'était jetée dans ses bras, mais pas parce qu'elle le trouvait irrésistible. Elle avait simplement essayé de le pousser à la faute — et il le savait pertinemment.

Bon, d'accord, elle s'était peut-être laissé emporter. Mais lui aussi, non ? Il n'avait pas feint son désir quand il l'avait embrassée. Il ne s'était pas forcé. Alors de quel droit prenait-il ces grands airs ? Comment osait-il se présenter comme un parangon de vertu qu'elle avait essayé de dévoyer ?

Des larmes de colère lui roulèrent sur les joues. Elle savait maintenant qu'elle ne gagnerait jamais cette guerre. Pas quand elle désirait Ethan comme elle n'avait jamais désiré un homme. Pas quand sa seule présence la poussait à agir de façon inexplicable. Il semblait provoquer en elle une étrange réaction chimique, une nébuleuse de frustration et de lubricité. Il n'y avait donc qu'une façon de le combattre : c'était de ne jamais le revoir. Elle ne voyait pas d'autre solution. Leur petit jeu était terminé. Sa dignité — sans parler de sa santé mentale — en dépendaient.

Nadia détestait s'avouer vaincue. Mais elle n'avait pas le choix : elle allait devoir fermer le sujet consacré à Ethan Rush.

Le bourreau des cœurs, le don Juan, l'homme qu'elle détestait.

Et qu'elle désirait, à sa grande honte, plus que tout au monde.

Ethan passa une nuit blanche, revivant mentalement sa sortie avec Nadia, pensant déjà à la suivante. Il riait tout seul quand il songeait à la tête qu'elle avait dû faire en lisant son blog. Oh !

elle allait le détester. Il avait hâte de la revoir, elle et ses jolis yeux brûlants de colère.

Il l'avouait sans détour : elle lui avait plu dès l'instant où il avait posé les yeux sur elle dans son bureau. Mais quand elle était apparue sur le seuil de son appartement la veille... *Waouh.* Pour la première fois de sa vie, une femme lui avait coupé la chique. Elle lui avait reproché ses compliments, mais à vrai dire son éloquence habituelle lui avait fait défaut. C'était tout juste s'il n'avait pas tiré la langue comme un loup de dessin animé.

Oui, elle était très séduisante, même lorsqu'elle poussait le bouchon un peu loin pour le provoquer, ouvrant de grands yeux ou se mordant la lèvre d'un air qui se voulait ingénu. Ou lorsqu'elle se gavait de pâtisseries. Il avait aimé la regarder manger, surpris par la joie de vivre qu'elle dégageait. Il avait lu un véritable plaisir sur son visage. Il aurait bien voulu en être la source.

Malgré son envie d'aller plus loin avec elle, il s'était retenu. Il avait vite compris qu'elle n'était pas habituée à boire, qu'elle ne l'avait fait que parce qu'elle était à cran — un constat qui avait réjoui Ethan. Mais il se voyait mal faire l'amour à une femme qui n'était pas en pleine possession de ses moyens. Il refusait de profiter de sa faiblesse. L'alchimie entre eux était bien réelle, mais Nadia n'était pas prête à l'accepter. Il n'était pas sûr de l'être davantage, d'ailleurs.

Le hic, c'était que *MissCynique* avait bien failli tout faire capoter. Il avait été à deux doigts d'oublier ses grands principes lorsqu'elle l'avait embrassé avec une telle passion. Ce n'était qu'en feignant l'amusement, pour dissimuler le trouble qu'elle provoquait en lui, qu'il avait repris la main. De justesse. Il l'avait embrassée à son tour, mais de manière joueuse et taquine.

Là encore, il avait été pris de court. Sa tête s'était mise à tourner et il avait failli lui faire l'amour dans le couloir, à même la porte de son appartement. La chose aurait été facile. Incroyablement excitante. Mais elle n'aurait pas duré assez longtemps à son goût.

Non, ce qu'il voulait, c'était une nuit entière avec elle, dans un vrai lit. Elle devait se donner à lui de son plein gré, en toute conscience, pas parce qu'elle était à moitié ivre.

Ethan sentait qu'il s'aventurait en terrain mouvant. Les recettes et mille petits trucs qu'il utilisait sans réfléchir pour séduire étaient sans effet sur Nadia Keenan, sans doute parce qu'elle était si différente de ses conquêtes habituelles. Pour commencer, il en savait déjà dix fois plus sur elle que sur les femmes qu'il fréquentait en général. Rien de pire pour plomber une relation.

Il aimait les rapports faciles, superficiels : bonjour, merci pour tout et au revoir. Impossible avec Nadia, il en avait conscience. A cause de la rivalité fondamentale qui existait entre eux, rien ne serait jamais facile. Toutes les fois qu'il pensait à elle, une sirène d'alarme stridente résonnait dans son esprit.

Mais il la faisait taire presque aussitôt. Il voulait réduire Nadia à l'état de pantin ivre de désir. L'entendre avouer qu'elle avait envie de lui. Sous ses dehors hostiles, *MissCynique* était un véritable volcan. Ethan n'avait qu'un but : la faire entrer en éruption. Après quoi il lui ferait l'amour comme elle le méritait. Il cueillerait ses soupirs de plaisir à même ses lèvres, corps contre corps sous des draps froissés par de longues heures de passion. Il n'avait jamais eu envie d'une femme comme il avait envie d'elle. Il ne se laisserait pas repousser sans combattre.

Il se leva de bonne heure le lendemain, épuisé par le manque de sommeil. Après une douche glaciale destinée à calmer ses ardeurs, il se rendit à son travail et s'efforça de se concentrer. *Bonne chance, Ethan.*

N'y tenant plus, il capitula et décrocha son téléphone. De nouveaux commentaires étaient apparus sur son blog entretemps. Ses amis — et pas forcément les plus raffinés — avaient décidé de le soutenir en force. Il grimaça, quelque peu embarrassé par certaines de leurs suggestions. Ce n'étaient pas tant leurs idées qui le mettaient mal à l'aise — les mêmes lui avaient traversé l'esprit — que la tournure publique prise par cette affaire. Un autre commentaire apparut sous ses yeux à la suite des autres, franchement vulgaire, celui-ci. Ethan se détourna de l'écran, attendant patiemment que Nadia décroche. Heureusement qu'il n'avait pas dévoilé l'identité de la jeune femme à la blogosphère...

— Hammond Insurance, Nadia à l'appareil.

Ethan resserra son étreinte sur le combiné, réagissant au quart de tour à l'autorité naturelle dans la voix de Nadia. Une véritable tigresse se cachait sous ses dehors fragiles, il le sentait.

— Bonjour.

Il ne prit pas la peine de se présenter, il savait par avance que c'était inutile. Une intuition que confirma le silence pesant qui s'ensuivit.

— Comment ça va ce matin ? reprit-il. Vous avez la gueule de bois ?

Un peu de rentre-dedans ne pouvait pas faire de mal ! Lui-même avait une légère migraine, une douleur lancinante qui semblait pulser dans tout son corps, comme si ce dernier protestait contre l'abstinence forcée qu'Ethan lui avait imposée la veille.

— Je n'ai pas l'intention de vous revoir. Notre accord ne tient plus.

Il avait eu beau s'attendre à sa réaction, il se crispa plus encore qu'il ne l'était déjà.

— Je vois. Vous vous dégonflez, dit-il, ironique.

— Non. C'est juste que je ne veux pas perdre mon temps. Vous êtes tel que ces femmes vous ont décrit.

— Pas du tout.

Ethan se renversa dans son siège, un sourire aux lèvres. Son côté illogique et sa détermination à lui résister l'amusaient.

— Si vraiment j'étais le profiteur qu'on décrit, j'aurais sauté sur ce que vous m'avez offert sur un plateau d'argent la nuit dernière, vous ne croyez pas ? Et, soyez honnête, vous étiez prête à tout. Malgré ça, je me suis conduit de manière exemplaire. Un vrai gentleman. Je crois que je mérite une médaille.

— Une médaille ? Vous êtes le démon incarné ! lui répliqua-t-elle d'un ton glacial masquant tant bien que mal sa colère. L'affaire s'arrête là.

— Vous comptez donc révéler votre identité ? Fermer votre blog et le forum ?

— Je fermerai le sujet qui vous concerne, c'est tout. Faites ce que vous voulez, je m'en fiche.

— Vous êtes prête à risquer votre emploi ?

Ethan fronça les sourcils, perplexe. Allait-elle vraiment déposer les armes aussi facilement ? Quelque chose ne collait pas. Et puis il ne voulait pas la voir capituler alors que l'affrontement commençait à peine à devenir intéressant.

— Vous êtes à ce point assoiffé de vengeance que vous voulez me mettre à la rue ? lui rétorqua-t-elle.

Ethan se raidit. Elle le mettait au défi — et elle avait raison. Bien sûr que non, il ne voulait pas la mettre au chômage. Il devait trouver un autre moyen de pression. Heureusement, il pensait en avoir un sous le coude.

— Votre site est important à vos yeux, non ? demanda-t-il tout en rafraîchissant sa propre page internet. Vous avez vu le nombre de visites que j'ai reçues depuis ce matin ? Et tous les commentaires sur votre blog ?

Nadia ferma les yeux et enfouit son visage dans ses mains. Elle aurait préféré être sourde que d'entendre cette voix suave. Même sans le voir, elle l'entendait sourire. Le pire, c'était le fourmillement d'excitation qui lui courait sur tout le corps.

— Nadia ?

Même la façon dont il prononçait son nom la troublait. Il l'infusait d'une sensualité torride. Peut-être avait-elle un déséquilibre hormonal ou quelque chose du genre ? Ou alors c'était tout simplement qu'elle n'était pas sortie avec un homme depuis trop longtemps. Elle était en manque. Oui, c'était ça. Tous ces facteurs contribuaient à expliquer pourquoi elle éprouvait ce désir presque inconscient pour un type qu'elle détestait.

Presque inconscient ? Il clignotait comme un néon dans la nuit, oui !

— Alors, vous avez vu ? demanda de nouveau Ethan.

— Non.

Pour la première fois depuis une éternité, elle n'avait pas allumé son ordinateur au réveil. Et maintenant elle était au travail. Les seuls employés qui avaient accès aux réseaux sociaux étaient ceux des ressources humaines, afin de pouvoir contrôler l'activité en ligne des autres salariés et, parfois, de faire des vérifications sur un postulant. Hammond n'employait pas d'individus qui se ridiculisaient sur internet ou avaient la langue trop bien pendue. Bref, elle pouvait se rendre sur le blog d'Ethan si elle le voulait…

Un coup d'œil derrière elle — personne — et elle tapa l'URL de son site. La page se chargea en quelques secondes. Nadia s'arrêta de respirer en constatant qu'une centaine de commentaires avaient été postés à la suite du compte rendu d'Ethan.

— C'est bien pour ça que vous avez un site, non ? Parce que ça vous donne le sentiment d'être importante ? Populaire ? Avoir le plus de clics possible, ce n'est pas exactement ce que vous cherchez, par hasard ?

Non, ce n'était pas ce qu'elle cherchait. Et puis il y avait clic et clic. Certains des commentaires, sur le site d'Ethan, étaient tout bonnement affreux. Personnels, insultants, humiliants. Le temps de charger une deuxième page pour en lire davantage, et deux nouvelles réponses s'ajoutèrent aux précédentes, plus horribles encore. Les yeux de Nadia se mirent à lui brûler mais elle battit furieusement des paupières pour chasser ses larmes.

— Je vous déteste, dit-elle d'une voix brisée, incapable de contenir son émotion.

— Ce n'est pas très agréable, n'est-ce pas ? susurra Ethan au bout du fil.

— Vous devriez modérer ces commentaires.

— Comme vous modérez le tas de mensonges sur votre forum ?

Ethan partit d'un rire glacial avant de reprendre :

— Voyez le bon côté des choses : tout ce trafic sur mon site fait de la publicité au vôtre.

Nadia ne répondit pas. Elle cliqua sur *1FemmeAvertie* et vit que le nombre de commentaires avait là aussi augmenté, à ceci près qu'ils étaient infiniment plus positifs — solidarité féminine oblige. Elle se remit à respirer, un peu rassérénée.

— Vous voyez, que ce n'est pas fini ? reprit Ethan. Il est impossible de faire machine arrière sans décevoir notre public. Et puis j'ai hâte de savoir ce que vous m'avez concocté pour notre prochain rendez-vous.

Oh, vraiment ? Nadia esquissa un sourire, encouragée par les derniers commentaires qui venaient d'apparaître sur son site et lui recommandaient de « donner une leçon à ce crétin », pour ne citer que l'un des plus polis.

— Je n'ai pas la moindre envie de vous revoir, prétendit-elle pour gagner du temps.

En hâte, elle revint sur le blog d'Ethan et y tapa un message à la suite des élucubrations de sa clique masculine.

Les hommes tout crachés... Incapable de penser au-dessus de la ceinture.

— Vous savez que vous n'avez pas le choix. Que vous ne pouvez pas résister.

Le doigt de Nadia se figea sur sa souris — il avait raison. Elle n'arrivait même pas à réfléchir quand il lui parlait.

— Dans trois jours, je vais vous rabattre le caquet une bonne fois pour toutes, promit-elle.

— J'ai hâte d'y être.

Nadia lui adressa la réponse qui lui parut la plus appropriée. Elle lui raccrocha au nez.

Chapitre 6

1FemmeAvertie

Quand le second rendez-vous s'annonce…

Tout s'est bien passé la première fois — en tout cas pour vous, chères lectrices. Mais que faire lors d'un second rendez-vous ?

Et si vous vous revoyiez dans la journée plutôt que le soir ? C'est le meilleur moyen d'apprendre à se connaître sans se mettre trop la pression, comme c'est souvent le cas si vous dînez ensemble. C'est donc un très bon choix pour se découvrir l'un l'autre et décider de la suite à donner à votre romance naissante. Ou à ce qui s'annonce être une catastrophe !

Quelques suggestions d'activités pour le rendez-vous n° 2 :

— *Un pique-nique dans un parc.*

— *Une promenade dans un jardin botanique ou autre lieu propice à la détente.*

— *Visiter un musée.*

— *Aller à la plage.*

— *Partager une activité ludique — faire du canoë par exemple, ou du paintball si c'est votre truc.*

Un conseil : choisissez une activité où vous êtes tous les deux à l'aise, ou tous les deux débutants. Si l'un est meilleur que l'autre, fuyez ! Rien de pire que de se ridiculiser devant quelqu'un que vous essayez de séduire.

Résistez aussi à l'envie de lui présenter vos amies. Bien sûr, vous adoreriez avoir leur avis. Mais votre compagnon n'appréciera peut-être pas d'être jaugé comme un cheval de foire. Repoussez les présentations à plus tard. Quant à votre famille, je n'en parle même pas !

Ethan étudia la liste et se demanda laquelle de ces « activités » Nadia allait lui infliger le dimanche venu. Réflexion faite, la revoir en journée lui paraissait une excellente idée. Elle n'aurait d'autre choix, à la lumière du jour, que d'affronter la vérité — l'attraction qui existait entre eux, par exemple. Plus question de se cacher derrière son verre de vin.

Il soupira et ouvrit son propre blog. Il devait publier quelque chose, mais franchement il ne savait pas quoi. A la vue du nombre de commentaires — il avait encore augmenté —, un frisson le parcourut. Oui, il comprenait mieux ce qui motivait Nadia, à présent. Il était excitant d'avoir un public captif, suspendu à ses lèvres. Bon sang, allait-il se transformer en égocentrique de première, comme son père ? Il espérait bien que non.

Il prit une inspiration, puis tapa le titre de son nouveau billet.

Transformer l'essai dès le second rendez-vous…

Bon. C'était ce qu'il avait promis à ses fans. Jusque-là, c'était facile. Et maintenant ? Comment tenir ses promesses ? La difficulté était de ne pas décevoir tout en évitant de verser dans la vulgarité.

Je marche sur des œufs, chers amis. Nous savons tous, en effet, que MissCynique consulte mon blog — elle se permet même d'y publier des commentaires. Bienvenue, très chère, nous apprécions vos interventions. Mais ça signifie que je ne peux pas dévoiler mon plan de bataille.

De nouveau, il marqua une pause. Pour être honnête, il n'avait pas le moindre plan de bataille. Il nageait en pleine improvisation. Mais, puisqu'il avait recommandé à Nadia de suivre son instinct, pourquoi ne pas faire de même ?

Ce que je peux déjà vous dire, c'est que MissCynique se charge d'organiser notre prochain rendez-vous. Effrayée sans doute par la sensualité de la nuit, elle a choisi de me voir en journée. Elle espère sans doute m'empêcher de « transformer l'essai ». Mais a-t-elle bien compris ce que je voulais dire par là ?

Je suis peut-être un homme, mais je ne suis pas un animal, n'en déplaise à certaines !

Menteur, lui souffla une petite voix. Il n'arrêtait pas de penser à Nadia, et en des termes qui faisaient de lui, sans l'ombre d'un doute, un animal de la pire espèce !

Quand je parle de transformer l'essai, je ne fais pas allusion à une quelconque avancée physique mais émotionnelle. Transformer l'essai, ça signifie capturer l'attention de la belle. Faire qu'elle s'intéresse à vous, vraiment, au point de ne rien pouvoir vous refuser. Le reste est entre vos mains…

Comment, donc, vous rendre intéressant aux yeux d'une jeune femme ? On n'attrape pas les mouches avec du vinaigre, c'est bien connu. Alors soyez tout miel ! Et surtout intriguez-la. Suggérez plutôt que de révéler. Conservez une part de mystère, comme dirait MissCynique. Pour une fois, c'est un bon conseil ! Bref, jouez les difficiles, montrez-vous inaccessible. Ça rend les femmes complètement folles.

Ethan avait vu juste, songea Nadia avec amertume. Elle n'arrivait pas à trouver le sommeil. Elle n'arrêtait pas de penser à lui… et à ce qu'elle souhaitait lui faire. Correction : à ce qu'elle ne devait surtout pas lui faire, si elle voulait préserver sa santé mentale. Mais le désir était bel et bien là, logé sous sa peau comme une écharde. Il virait peu à peu à l'obsession à mesure que les jours passaient.

Nadia connaissait ses faiblesses. Elle avait toujours été encline à l'excès, elle s'enflammait pour un rien. Quand une idée lui plaisait, elle fonçait tête baissée. Mais Ethan Rush n'était pas une bonne idée. C'était même la pire qu'elle ait jamais eue !

Elle s'étira dans son fauteuil et relut les provocations qu'il venait de publier sur son site. Les paroles de son adversaire jouaient dans sa tête comme un disque rayé. Elle devait « suivre son instinct » et ne pas se « montrer lâche ». Oh ! elle en mourait d'envie. Ethan Rush l'ignorait, mais il avait déjà « transformé l'essai », pour utiliser sa ridicule métaphore sportive. Tout en lui fascinait Nadia, de son charme à son corps de rêve. Sans parler de son expérience avec les femmes, acquise grâce à de longues années de pratique. Elle était également sensible à son intelligence, une qualité qu'elle appréciait chez un homme. Alors s'il s'imaginait qu'elle allait lui tomber dans les bras juste parce qu'il jouait les difficiles... Nadia éclata de rire. Bon sang, quelle arrogance !

Il avait raison sur un point, concéda-t-elle en son for intérieur. Elle était lâche. Que redoutait-elle, après tout ? Qu'il lui brise le cœur ? Elle se mit à rire tant c'était cocasse. Non, son cœur n'avait rien à craindre de la part d'un homme tel qu'Ethan Rush.

Et soudain la lumière se fit dans son esprit. Mais bien sûr ! Elle avait abordé toute l'affaire sous le mauvais angle. Elle s'était laissé guider par la peur — celle de devenir son jouet comme elle avait été celui de Rafe Buxton. Plus que tout, elle redoutait de devenir la victime impuissante d'un autre prédateur.

Mais qui avait dit qu'elle était impuissante ? Rien ne l'empêchait de prendre les choses en main, après tout. Elle pouvait faire ce qu'elle voulait, contrôler la situation et ses propres réactions. Suivre son instinct, pourquoi pas ? Elle en était capable, tout en restant maîtresse de son destin.

Ethan Rush aimait tailler une encoche sur sa tête de lit à chaque nouvelle conquête ? Très bien. Au lieu de le critiquer, au lieu de gémir et de se tordre les mains, elle allait faire de même et lui rendre la monnaie de sa pièce. Elle avait droit elle aussi à un peu de plaisir sans lendemain. Cette prérogative n'était pas réservée qu'aux hommes.

Elle était une femme de chair et de sang, avec des besoins dont elle n'avait pas à rougir. Et elle plaisait à Ethan, elle le savait — même si c'était parce qu'il avait une libido de satyre et qu'il était sans doute attiré par n'importe quelle femme pas trop laide. Peu importait, elle ne recherchait pas l'amour ou une quelconque communion profonde avec lui.

Elle comprenait, avec le recul, à quel point elle s'était montrée naïve avec Rafe Buxton. Ses belles paroles lui avaient fait espérer davantage de leur relation qu'il n'était prêt à offrir. Avec Ethan, aucun risque. Elle n'attendait rien de lui. *Nada*. Du moins, rien d'autre que son corps et son expertise en la matière. Elle aimait ce qu'elle ressentait en sa présence. C'était un sentiment qu'elle voulait explorer.

Elle le méritait, non ? Elle aussi avait droit à cette passion brûlante dont parlaient les romans. Et, puisqu'un homme s'était servi d'elle autrefois, à son tour de se servir d'un homme ! Ce n'était pas comme si elle risquait de faire souffrir Ethan Rush. Tant qu'elle ne se mettait pas à fantasmer sur un dénouement de conte de fées, tant qu'elle se contentait de vivre dans le présent, tout irait bien.

Elle éclata de rire, amusée par les acrobaties intellectuelles qu'elle devait faire pour justifier quelque chose simplement parce qu'elle en avait envie. Oui, elle méritait de s'amuser un peu. Après ça, c'en serait fini de son obsession pour Ethan.

Mais quid de son but originel, dans tout ça ? Pouvait-elle encore donner une leçon à ce goujat ? Le scénario selon lequel il tombait éperdument amoureux d'elle et où elle l'envoyait paître, évidemment, devenait du même coup irréaliste. Pourtant, il devait bien y avoir moyen de dégonfler son ego... Tant pis. Elle y réfléchirait plus tard.

Son problème le plus immédiat, c'était qu'Ethan s'obstinait à lui résister. Il s'était laissé emporter, quelques jours plus tôt, mais il s'était arrêté à temps. Il y avait fort à parier, désormais, qu'il se montrerait méfiant. Elle allait devoir jouer sur du velours pour parvenir à le dévoyer. Qu'à cela ne tienne ! Elle saboterait son plan — passer pour le parfait gentleman — en forçant sa libido à prendre le dessus.

Elle allait le provoquer, et le forcer à agir.

Ethan filtrait en général ses appels. Mais, lorsqu'il vit le nom qui s'affichait sur l'écran de son téléphone le samedi matin, il décrocha aussitôt.

— Prête pour demain, princesse ?

— Pas encore. Mais je le serai. J'ai hâte de vous revoir.

Il sourit, séduit par le timbre rauque de sa voix. A croire qu'elle ronronnait. Il ne s'était pas attendu à ça après la façon dont ils s'étaient quittés. Il s'étira dans son lit avec un soupir de plaisir — celui du félin qui s'apprêtait à se mettre en chasse.

— J'ai regardé la météo, reprit Nadia. Il devrait faire beau. Nous pourrions nous retrouver directement sur place.

— Où ça ?

— Hyde Park. A côté de la Serpentine Gallery.

— En public ?

— Et en plein jour.

A sa voix, il comprit qu'elle souriait. Il se mit à rire.

— Trouillarde.

— Pas du tout. Habillez-vous pour faire de l'exercice.

Le corps d'Ethan avait réagi au quart de tour. Le sous-entendu, il en aurait juré, était intentionnel.

— Quel genre d'exercice ?

— Vous verrez bien. Assurez-vous juste d'être libre de vos mouvements.

En cet instant précis, il était tout sauf libre de ses mouvements. L'impatience lui raidissait les muscles et l'empêchait de respirer. Bon sang, il allait devoir faire du sport dès aujourd'hui s'il voulait dépenser l'énergie qui bouillonnait en lui. Parce qu'apparemment Nadia avait décidé de l'emmener faire une promenade dans le parc, programme d'un ennui souverain.

Mais peut-être était-ce exactement son intention.

Ethan parvint à grand-peine à contenir son impatience jusqu'au lendemain, et dut faire un gros effort pour marcher plutôt que de courir pour se rendre à leur point de rendez-vous. Le soleil lui cuisait le dos et les habitants de Londres étaient sortis en nombre, attirés par le beau temps. Les vendeurs de glaces devaient faire des affaires en or.

Ethan aurait bien voulu les chasser, tous autant qu'ils étaient. Il aurait préféré être seul avec Nadia, avoir Hyde Park juste pour eux.

Il arriva avec quelques minutes d'avance. Pas de Nadia en vue. Il déambula sur la rive du lac. Elle n'allait tout de même pas lui poser un lapin ? Le doute le prit soudain. Si elle osait, il le lui ferait payer. Et cher.

Un chuintement se fit tout à coup entendre derrière lui, de plus en plus fort. Il eut à peine le temps de se retourner que quelqu'un lui rentra dedans. Un corps souple et fin. Une peau brûlante. Il s'agrippa par réflexe pour ne pas perdre l'équilibre.

— Oups ! s'exclama Nadia avec un sourire radieux. Désolée pour le retard.

Ethan laissa ses mains s'attarder sur la taille de la jeune femme.

— Pas de problème.

Etrange. Elle semblait plus grande que dans son souvenir. Lorsqu'il baissa les yeux, il en comprit la raison : Nadia était montée sur des roller-blades. Malheureusement, elle ne portait pas le genre de short ultracourt ou le débardeur moulant qu'il associait dans ses fantasmes aux pratiquantes de ce sport. Elle avait opté, à la place, pour un caleçon de Lycra noir et un T-shirt tout simple.

Comprenant soudain le genre d'exercice auquel elle avait fait allusion, il se rembrunit.

— Vous vous êtes vraiment surpassée, ce coup-là. C'est ça que vous aviez en tête ? Faire du patin dans Hyde Park ?

Si c'était le cas, elle pouvait toujours rêver !

Nadia lui adressa un regard faussement timide avant de demander :

— Ça ne vous tente pas ?

— Dois-je vous rappeler que, selon votre propre blog, il vaut mieux éviter une activité s'il y a une différence de niveau trop importante entre les deux partenaires ?

Oh que non, rien ni personne au monde ne lui ferait chausser ces engins. Il n'avait pas envie de se tuer.

Nadia écarquilla les yeux de son air le plus

innocent, une expression qu'il commençait à connaître.

— Mais c'est vous qui m'avez dit que je devais cesser de suivre mes propres règles. Je n'ai fait que vous écouter.

— Ne vous payez pas ma tête.

Le sourire de Nadia s'élargit, mélange de satisfaction et d'ironie.

— C'est vous le trouillard, on dirait.

Touché. Avec un hochement de tête, il la relâcha enfin pour se diriger d'un pas furibond vers un stand de location de patins. Nadia, évidemment, possédait sa propre paire — un modèle dernier cri qui ne ressemblait en rien à ceux, démodés et abîmés, proposés à la location. Même chaussée, elle avait des pieds minuscules. Lui, en revanche, allait ressembler au Yéti.

Il échangea quelques mots avec l'homme au guichet, puis revint vers Nadia le cœur plus léger.

— Je suis désolé de vous décevoir, mais il n'a pas ma taille.

Elle fronça les sourcils, ouvertement dubitative, et étudia l'étal derrière lui.

— Ça m'étonne, il a toutes les tailles en général.

— J'ai des grands pieds.

Nadia baissa les yeux pour vérifier, puis Ethan la vit rosir tandis que son regard remontait — très lentement — vers son visage. Il savait qu'elle se demandait si d'autres parties de son anatomie étaient à l'avenant.

Et la réponse était oui.

— Bon, euh, qu'est-ce que vous voulez faire, alors ?

Elle paraissait déstabilisée, et une satisfaction presque sadique envahit Ethan. Ce qu'il voulait faire ? Oh ! il avait sa petite idée. Mais il lui faudrait faire preuve de patience.

— Mon appartement n'est pas loin. Nous pourrions peut-être aller chercher mon vélo et revenir. Vous patinez, je pédale. Après quoi nous pourrions nous acheter une glace et nous asseoir dans l'herbe. Ça vous tente ?

— D'accord, répondit Nadia avec un haussement d'épaules. Allons-y.

Il se mit en marche, précédé par la jeune femme. Plus rapide sur ses patins, elle faisait demi-tour et revenait régulièrement à sa hauteur quand elle s'éloignait trop. Sa tenue d'exercice commençait à plaire à Ethan, qui appréciait la façon dont son caleçon noir soulignait ses fesses rondes et ses jambes fuselées. Elle était mince mais elle avait des formes exactement là où il fallait. Il aimait aussi la manière dont l'effort lui rosissait les joues — la couleur faisait ressortir l'éclat de ses yeux.

— Vous faites souvent du patin ? lui demanda-t-il.

— Tous les jours. Pour aller et revenir du travail.

— Quoi ?

Il s'arrêta au beau milieu du chemin, attendant qu'elle revienne vers lui.

— Vous allez chez Hammond... en patins ?

— Oui, répondit-elle comme si c'était la chose la plus naturelle du monde. Quarante minutes aller, la même chose au retour, ce n'est pas le bout du monde.

— En plein dans la pollution et la circulation londonienne ?

— Je traverse Hyde Park et j'en évite une bonne partie.

— A quelle heure traversez-vous le parc ?

— Je ne sais pas. Aux environs de 7 heures. Je me douche et je me change au travail, puis je prends mon petit déjeuner à mon bureau. Ça fonctionne bien.

— Toute l'année ? Même en hiver ?

— Oui. Sauf s'il pleut, bien sûr.

— Mais il doit faire noir et vous devez être seule dans le parc, d'aussi bonne heure. Vous vous faites accompagner, au moins ?

Cette fois, Nadia le dévisagea comme s'il était devenu fou.

— Non !

— Vous ne devriez pas vous balader toute seule, protesta Ethan, animé d'un instinct protecteur aussi farouche qu'inexplicable. C'est dangereux.

— Pas du tout.

— Je vous dis que si. N'importe quel taré pourrait vous sauter dessus, vous attirer dans les buissons et s'amuser avec vous.

— Vous oubliez une chose, Ethan : sur mes roues, je suis rapide comme l'éclair.

Elle s'était arrêtée tout contre lui, si proche que sa poitrine touchait presque la sienne. Il crispa les poings, déterminé à ne pas se laisser distraire par ses provocations.

— Oh ! vraiment ?

— Vraiment. Vous savez, d'après mon expérience…

— Votre immense expérience, coupa-t-il, narquois.

Nadia le fusilla du regard avant de poursuivre :

— D'après mon expérience, donc, il y a deux catégories d'hommes : les prédateurs et les protecteurs. Je n'aurais jamais cru que vous apparteniez à la dernière.

Puis elle posa une main sur son torse et ajouta d'une voix rauque :

— Je n'ai pas besoin qu'on me protège, Ethan.

Il inspira profondément, sentant son sang-froid lui échapper peu à peu.

— Vous préférez être victime d'un prédateur ? Vous êtes sûre ?

— Non, mais je ne veux pas être considérée comme une petite chose fragile qui ne peut pas sortir sans garde du corps.

— Oh. Parce que vous êtes capable de vous défendre toute seule, c'est ça ?

Il croisa les bras sur sa poitrine pour cacher la tension qui lui raidissait tout le corps, et dont elle était entièrement responsable. Puis il la regarda de haut — au sens littéral du terme —, chose qu'elle détestait.

— Exactement.

La voix de Nadia était douce mais ses yeux brillaient d'une lueur belliqueuse. Elle était prête à sortir ses griffes. Il sourit, excité par le combat qui s'annonçait. Elle méritait que quelqu'un lui donne une bonne leçon. Lui, de préférence.

— Vous croyez vraiment que vous pourriez échapper à un type tel que moi, en imaginant que je vous veuille du mal ?

— Sans l'ombre d'un doute.

— Prouvez-le, alors. Vous me laissez prendre vingt pas d'avance, puis vous me dépassez en patins. Voyons si vous êtes aussi rapide que vous le dites.

Un éclat jubilatoire illumina les yeux de Nadia, accentuant leur extraordinaire couleur vert émeraude.

— Très bien. Allez-y.

Ethan obéit, s'éloignant en marche arrière pour ne pas rompre le contact visuel avec elle. Nadia attendit, mains sur les hanches, affrontant son regard sans ciller. La pauvre n'avait pas la moindre idée de ce qui allait lui tomber dessus, songea Ethan. Il avait joué au poste d'ailier dans l'équipe de rugby de son école, puis de son université. Il savait courir, et il savait tacler.

Vingt pas plus loin, il se retourna enfin. Pas de Nadia en vue. Ses autres sens prirent le relais comme il se mettait à marcher. L'oreille tendue, il guettait le chuintement reconnaissable entre mille de patins sur le goudron. Après quelques instants, il l'entendit. A mesure qu'elle approchait, Nadia accélérait. Il le percevait aux chocs de plus en plus agressifs et de plus en plus rapprochés des roues sur le revêtement du chemin. Il pressa l'allure à son tour et se mit à courir. Lorsqu'elle le dépassa en flèche, il puisa un sursaut d'énergie dans ses muscles et piqua un sprint.

Il n'était pas stupide : le sentier était étroit, bordé d'herbe, et il avait aussitôt perçu son avantage. Si elle quittait le goudron, Nadia ne pourrait pas conserver sa vitesse. Il lui donna donc un léger coup d'épaule quand elle passa à sa hauteur, la forçant à mordre sur le gazon. Freinée dans son élan, elle bascula. Il la saisit par la taille et acheva de la pousser sur le côté, si bien qu'ils tombèrent tous deux sur le gazon. Ils roulèrent l'un contre l'autre et Ethan en profita pour l'attirer contre lui. Il la bâillonna d'une main quand ils s'immobilisèrent enfin et lui agrippa les deux poignets de sa main libre — ils étaient assez fins pour lui permettre de le faire aisément. Sa jambe couvrit les siennes et pesa de tout son poids dessus pour l'empêcher de se débattre.

Elle frissonna violemment tout contre lui. Un plaisir féroce tétanisa les muscles d'Ethan.

— Vous avez perdu, murmura-t-il, les dents serrées. Personne n'est venu vous secourir. Et personne ne peut nous voir derrière ces buissons.

Son instinct de chasse reprit soudain le dessus lorsqu'il constata qu'il disait vrai. Elle était à sa merci. Il fit de son mieux pour ne pas jubiler. En vain. L'adrénaline lui courait dans les veines comme une drogue. Il sentait, sous son biceps, la poitrine de Nadia se soulever et retomber rapidement. Il songea un instant à ôter sa main de sa bouche mais se ravisa.

— C'est le milieu de la journée et je peux faire tout ce que je veux de vous. A 7 heures du matin, il y a encore moins de monde dans le parc. Si on vous agressait, vous n'auriez pas la moindre chance.

De nouveau, un frisson la parcourut. Le vert de ses yeux s'assombrit sous le coup d'une intense émotion — mais ce n'était pas de la peur.

Oh-oh.

Cette émotion, il la ressentait, lui aussi. Elle montait en lui, étouffait sa raison et lui faisait oublier toutes ses bonnes intentions. Il essaya de se rappeler ce qu'il faisait, allongé sur l'herbe avec elle. Il avait voulu lui prouver quelque chose... Mais il avait déjà oublié quoi. Il savait juste qu'il avait très envie de...

Non, il n'en ferait rien.

Il ôta tout à coup sa main de sa bouche et l'embrassa.

C'était juste un baiser sans conséquence, un petit rappel après l'autre soir. Mais il oublia en une seconde le monde extérieur pour s'abandonner à la douceur de ses lèvres. Son cerveau se mit en veille, puis se consuma dans un brasier torride. Après une minute qui parut durer une seconde, il redressa enfin la tête pour étudier la jeune femme. Son T-shirt, dans sa chute, était remonté et révélait un peu de son abdomen. Du bout du doigt, Ethan suivit l'élastique de son caleçon de Lycra noir, enivré par la douceur satinée de sa peau.

Il nota sa réaction avec un frisson de plaisir — l'accélération de son pouls, la liquidité de son regard — et s'enhardit. Il posa la main à plat sur son ventre et exerça une légère pression. Elle hoqueta et se mit à trembler. Oh oui, elle aimait ça.

Oserait-il... ? Sa main dériva et ses doigts glissèrent sous l'élastique de son caleçon. Les lèvres de Nadia s'arrondirent en un « oh » silencieux. Elle ferma un instant les yeux et il en profita pour descendre plus bas encore.

Nadia tressaillit, plus violemment encore que les fois précédentes.

Il s'immobilisa, le cœur battant, tandis qu'elle s'arc-boutait pour se plaquer plus étroitement contre sa main. A en juger par la moiteur brûlante au cœur de son être, elle avait envie de lui.

— Inutile de vous réjouir, lui dit-elle, haletante. J'ai toujours très chaud après avoir fait de l'exercice.

— Je vois ça, susurra Ethan.

Elle haussa les épaules mais son regard s'était fait vague, pareil à celui d'une junkie. Il glissa plus profondément en elle, explorant sa chair brûlante et moite. De nouveau, elle bougea les hanches pour accentuer le contact.

— Ça ne me fait rien du tout, gémit-elle tout en se mordant la lèvre.

Il faillit éclater de rire, mais il était lui aussi sérieusement perturbé par le plaisir qu'il lui procurait. Il ne se rappelait pas avoir désiré une femme à ce point depuis sa première expérience.

— Ça vient ? demanda-t-il.

— N... Non.

Sa respiration était lourde, et Ethan exulta en

sentant la passion qui montait en elle. Il augmenta l'intensité de ses caresses et, à sa surprise, la fit basculer instantanément dans l'abîme. Nadia renversa la tête en arrière puis, les yeux clos, laissa échapper un long gémissement.

Il la dévisagea avec incrédulité. Son propre trouble augmentait de seconde en seconde et il dut faire un effort de concentration pour ne pas se ridiculiser.

— Je rêve ou c'était un orgasme ? demanda-t-il enfin. Je vous ai à peine touchée !

Elle ouvrit les yeux, pantelante. Ils brillaient tellement qu'Ethan était incapable d'y lire la moindre émotion.

— Je vous ai dit que l'exercice me donnait chaud. J'avais le sang en ébullition, n'en tirez pas de conclusion trop hâtive.

Lui aussi était en ébullition ! Mais il se rappela qu'ils se trouvaient dans un endroit public, même si quelques buissons placés avec bonheur les protégeaient des regards indiscrets. Il savait qu'il ne pouvait pas céder aux forces primitives qui lui tordaient l'estomac. En tout cas pas dans les cinq prochaines minutes. Il serrait les dents si fort que sa mâchoire lui faisait mal.

Une chose était sûre, Nadia Keenan se payait sa tête. Ou alors elle était devenue folle.

— Vous essayez de me faire croire que vous avez eu un orgasme parce que vous avez fait de l'exercice ?

Elle haussa les épaules comme si c'était la chose la plus évidente du monde. Ethan la dévisagea, bouche bée, avant d'éclater de rire. Il voyait clair dans son jeu : elle essayait de minimiser les choses en s'inventant un univers alternatif où il n'avait pas le moindre effet sur elle, même s'il lui fallait pour ça nier l'évidence.

— Si je comprends bien, cinq minutes de patin et vous avez un orgasme ? Je m'en souviendrai. C'est donc ça que vous vouliez dire en affirmant que sur des roues vous alliez vite ?

Les yeux de Nadia cherchèrent les siens, deux cercles vert émeraude aux profondeurs insondables. Les joues encore roses de plaisir, elle répondit dans un soupir :

— Oui.

Oh ! il n'en croyait rien. Il se concentra sur elle, remarqua la façon éloquente dont elle venait de s'humecter les lèvres du bout de la langue. Elle le provoquait sans même s'en rendre compte. Nadia baissa les yeux en prenant conscience de l'examen auquel il la soumettait et s'empourpra davantage.

A contrecœur, il retira la main de son nouvel endroit favori, puis porta ses doigts à sa bouche en un baiser. Il s'allongea ensuite de tout son corps sur Nadia pour lui faire sentir la force de son propre désir. Il se demanda un instant s'il l'écrasait avant de décider qu'il s'en moquait. L'important, c'était de lui faire passer le message.

A en juger par la façon dont elle écarquilla les yeux, et par le rythme presque hystérique que prit sa respiration, l'objectif était atteint.

— Vous pensiez pouvoir me donner une leçon,

princesse ? susurra-t-il. On dirait que je vous ai coupé l'herbe sous le pied. Et, au cas où vous en douteriez, ce n'était qu'un échauffement. Le meilleur reste à venir...

Chapitre 7

Nadia était bien en peine de dire ce qu'elle voulait — elle l'ignorait elle-même. Elle était incapable, en cet instant, de prendre la moindre décision ou d'établir des priorités. Elle n'avait pas envie de bouger mais en même temps elle brûlait de le faire. Elle adorait la sensation du corps d'Ethan tout contre le sien mais elle avait hâte de trouver un endroit où continuer ce qu'ils avaient commencé. Elle le voulait sur elle, sous elle, debout, à genoux. Elle le désirait avec une violence qui lui coupait le souffle et altérait sérieusement ses facultés mentales.

Elle avait goûté à la magie d'Ethan Rush et ne pouvait pas feindre l'indifférence plus longtemps. Une partie de cette magie résidait dans le physique d'Ethan, mais l'essentiel venait de sa confiance en lui. Elle comprenait mieux, à présent, pourquoi il était aussi arrogant : il en avait le droit. Et puis qu'est-ce qui était le plus important ? Dégonfler son ego ou s'éclater entre ses bras ?

Solution n° 2, sans l'ombre d'une hésitation !

Il dut percevoir sa reddition dans la façon dont

elle se détendit, presque imperceptiblement, entre ses bras. Ou alors il la lut dans ses yeux, mêlée à une convoitise quasi désespérée. Il sourit tout à coup et, se redressant d'un bond souple, lui tendit la main pour l'aider à se lever.

Nadia se dirigea vers le chemin, les jambes flageolantes. Elle tenait à peine debout. Dieu merci, ses muscles se raffermirent après quelques pas. Un reste de dignité l'aiguillonna — elle refusait de lui laisser voir à quel point cet épisode dans l'herbe l'avait ébranlée. Retrouvant un semblant de coordination, elle se remit à patiner. Ethan la rejoignit en trottinant et se maintint à sa hauteur sans effort apparent.

— Nous allons nous en tenir à mon plan, annonça-t-il. Prendre mon vélo et revenir.

Ni sa voix ni son visage ne trahissaient la moindre émotion. C'était à croire qu'il ne s'était rien passé. Nadia se remit à douter. S'était-elle imaginé le désir pur qu'elle avait lu dans son regard pendant qu'il la caressait aussi intimement ?

Elle se concentra sur le ruban de goudron qui défilait sous ses pieds. Elle ne devait surtout pas lui montrer à quel point elle était déçue par l'indifférence qu'il affichait. Peut-être qu'il avait retrouvé ses esprits et qu'il regrettait déjà ce qui s'était passé. Il semblait être redevenu un parfait gentleman, à mille lieues du voyou qu'elle venait d'entr'apercevoir. Le problème, c'était la fascination qu'elle se découvrait pour son côté mauvais garçon.

Pour l'homme qui, lorsqu'il avait envie de quelque chose, le prenait sans demander la permission.

Elle désirait, plus que tout, redevenir l'objet de sa convoitise. Frustrée, elle poussa sur ses patins avec de plus en plus d'énergie. A son grand dam, Ethan accéléra en même temps qu'elle et se maintint à sa hauteur. Il ne paraissait même pas essoufflé, le mufle ! Ils fendaient tous deux la foule des passants à vive allure, se séparant tel un torrent quand un obstacle se présentait pour se retrouver de l'autre côté, comme s'ils communiquaient par un lien télépathique.

Ethan courait avec aisance, plus félin encore qu'à l'accoutumée. Pour un homme de sa taille, il était étonnamment rapide et gracieux. Mais l'effort, finit-elle par comprendre, lui coûtait plus qu'il ne le laissait paraître. Ses poings étaient serrés, ses phalanges, blanches, et ses biceps, plus définis que jamais. Une bouffée d'excitation enveloppa le corps de Nadia telle une langue de feu.

Sans crier gare, Ethan referma une main sur son bras. Bien malgré elle, Nadia effectua une volte-face brutale pour venir s'écraser contre son torse, solide comme un mur. Il glissa aussitôt son autre main autour de sa taille pour l'immobiliser contre lui.

— Nous y sommes, annonça-t-il.

Sans lui laisser le temps de répondre, il la souleva et monta d'un pas vif trois marches qui menaient à la porte d'une élégante maison de ville. Il grimaça quand le bout d'un patin ballant percuta son tibia par accident. Nadia était hors d'haleine, trop excitée et troublée pour songer à s'excuser. Il la déposa au sommet du perron mais ne la lâcha pas pour autant. Une série de bips, dans le dos de Nadia, lui laissa supposer qu'il venait de composer un code. Une fraction de seconde plus tard, un cliquetis de serrure confirma cette intuition.

— C'est du parquet, les patins ne devraient pas vous poser de problème.

Une nouvelle fois, il n'attendit pas sa réponse. Il la déposa après le seuil et, d'une poussée, l'envoya rouler doucement en marche arrière.

La porte d'entrée claqua derrière lui.

D'un coup de hanches, Nadia fit demi-tour et bifurqua vers la porte la plus proche. Elle donnait sur un imposant salon décoré avec goût.

Elle n'eut guère le temps de l'étudier. Ethan la rejoignit presque aussitôt, la saisit par les hanches et se colla tout contre son dos. Ses lèvres plongèrent vers son cou, que Nadia exposa à ses baisers avec un soupir de plaisir.

Elle en oublia presque qu'elle avait des roues aux pieds, et ne s'en souvint que lorsque ses jambes se dérobèrent soudain. Ethan la serra plus étroitement contre lui, puis glissa un genou entre ses cuisses.

— Vos jambes s'entrouvrent d'elles-mêmes, murmura-t-il. J'ai l'impression de vivre un fantasme adolescent.

Elle ne prit pas la peine de protester. Il avait raison : roues ou pas roues, elle avait bien l'intention de s'offrir à lui.

Les mains d'Ethan exploraient à présent son

corps comme pour le cartographier. Des mains larges, rassurantes. Elles glissèrent sur ses seins, descendirent le long de son ventre. La respiration de Nadia s'accéléra et elle se laissa aller sans vergogne contre lui, confiante dans sa force. Elle ne tenait debout que parce qu'il la retenait. Les lèvres d'Ethan dérivèrent sur sa nuque, moites et brûlantes.

— Je n'avais pas l'intention de faire ça, confessa-t-il d'un ton étrange, comme s'il était en colère contre lui-même.

— Vous pouvez toujours vous arrêter, dit-elle, taquine, plaquant ses fesses contre son bassin.

— Vous savez bien que c'est impossible.

Il exhala un long soupir et accentua encore l'intimité de leurs corps. Nadia se mordit la lèvre, haletante, tous ses muscles infusés d'une délicieuse langueur.

— Vous êtes sûre que vous n'allez pas repartir en larmes ? Je ne veux pas vous briser le cœur.

— Pourquoi repartirais-je en larmes ? demanda-t-elle d'une voix traînante.

— Ce n'est pas le but. Mais à en croire votre site ça arrive souvent, même si ce n'est pas mon intention. J'ai donc, comment dire ? Le devoir moral de vous prévenir.

Amusée par ses scrupules, Nadia décida de le provoquer en se frottant lascivement contre lui.

— C'est peut-être vous qui allez finir en larmes, lui susurra-t-elle.

— Ce n'est pas moi qui ai créé un site dédié aux

déceptions sentimentales, lui rappela-t-il. Alors non, ça ne risque pas de m'arriver.

— J'apprécie votre honnêteté, Ethan. Mais laissez-moi vous rappeler que je suis *une femme avertie* ! Ne vous inquiétez pas pour moi.

Comme s'il n'avait attendu que cet instant, il glissa les mains sous l'ourlet de son T-shirt. Nadia leva les bras pour lui permettre de le retirer.

Il l'avait relâchée et ses patins se remirent à rouler d'eux-mêmes. Ethan marmonna un juron mais, au lieu de la retenir, la poussa jusqu'à un imposant fauteuil Chesterfield qui arrêta son élan. En une fraction de seconde, il fut derrière elle. Nadia se courba sur le dossier pour mieux sentir sa présence, puis plongea deux doigts dans le bonnet de son soutien-gorge pour en sortir le préservatif qu'elle y avait glissé. Elle le tendit à Ethan par-dessus son épaule, sans se retourner.

— Je vois que vous savez ce que vous voulez, fit-il avec un rire rauque. Vous êtes une femme surprenante.

Avec une passion presque féroce, il dégrafa son soutien-gorge. Mais, au lieu de lui ôter, il se servit des bretelles comme d'une bride pour contrôler ses mouvements. Il tira dessus et Nadia gémit de plaisir au contact abrasif du tissu contre ses seins, devenus hypersensibles. Des hanches, Ethan continuait de la tourmenter, appuyant son bassin contre elle pour lui faire sentir son excitation. Ses lèvres se promenaient sur ses épaules, s'arrêtant parfois quelques secondes, juste le temps de la mordiller avec sensualité avant de reprendre leur course folle. Incrédule, Nadia sentit monter en elle une lame de fond — un second orgasme ? Non, c'était impossible. Elle n'était même pas déshabillée ! Ethan Rush était bel et bien un magicien.

De toutes ses forces, elle contrôla le tourbillon qui se déchaînait en elle. Elle refusait de se laisser aller une nouvelle fois. Du moins, pas tant qu'il n'était pas en elle.

Elle oscilla contre lui, plus vite, plus fort, tentant désespérément de lui faire perdre son insupportable sang-froid. Pourquoi ne lui arrachait-il pas ses vêtements ? Pourquoi ne se déshabillait-il pas pour la posséder ici et maintenant, contre ce fauteuil ?

Comme si elle avait formulé ces questions à voix haute, Ethan la souleva soudain dans ses bras. A grandes enjambées, il retraversa le salon avec elle en direction de l'entrée. Après un moment de stupeur, Nadia se débattit et se tortilla si furieusement qu'il dut la relâcher. Ses patins partirent chacun de leur côté quand ils touchèrent le sol et elle s'effondra à ses pieds avec l'élégance d'un sac de pommes de terre.

Ethan s'agenouilla à côté d'elle, sourcils froncés.

— Qu'est-ce qui vous prend ?

— Je n'ai pas envie de voir votre chambre, se récria-t-elle, se remettant tant bien que mal à quatre pattes. Je suis sûre que vous faites des encoches sur votre lit chaque fois que vous ramenez une fille.

— Je n'ai pas les mœurs aussi légères que vous semblez le croire, lui rétorqua-t-il, furieux.

D'un geste vif, il captura le poignet de Nadia et l'attira sans douceur.

— De toute façon, qu'est-ce que ça peut bien vous faire ? C'est le présent qui compte, pas le passé ou l'avenir. Et, en ce moment précis, je suis célibataire. Je ne couche avec personne d'autre. Je ne vous ferais pas une chose pareille.

— Ça ne change rien. Je ne veux pas voir votre chambre. Je veux juste... juste...

Nadia ne termina pas sa phrase. Elle avait tant de mal à respirer qu'elle arrivait à peine à parler.

— Vous envoyer en l'air ? suggéra Ethan.

Elle ne prit même pas la peine de nier, ou de jouer les offusquées. A quoi bon ?

— Oui. Maintenant.

— Comme vous voulez. Mais vous devriez peut-être vous débarrasser d'abord de vos roller-blades.

— Très bien.

Ils s'attaquèrent chacun à un patin, puis Ethan les envoya voler dans le couloir de l'entrée, où ils atterrirent avec un choc sourd. D'une main ferme, il allongea Nadia et roula sur elle. Au lieu de la choquer, sa rudesse d'homme des cavernes la rendait folle d'excitation.

— C'est bien ce que vous voulez, pas vrai ? demanda-t-il avec un sourire entendu. Vous aimez être dominée, princesse ?

— Faites attention à vous, Ethan. Vous êtes plus vulnérable que vous ne le pensez.

— Vous croyez ?

Du bout d'un ongle, Nadia lui caressa la mâchoire. Son autre main glissa entre eux et descendit vers son bassin pour envelopper son sexe. Lorsqu'elle exerça une légère pression, Ethan tressaillit et se redressa à quatre pattes au-dessus d'elle. Il souriait toujours mais il était tiraillé entre la colère et le désir. Elle le voyait dans ses yeux.

Cette fois, il la débarrassa de son soutien-gorge. Puis il fit descendre son caleçon en Lycra jusqu'à ses genoux et étudia sa culotte de coton blanche.

— C'est ce qu'il y a de plus pratique pour faire de l'exercice, expliqua-t-elle, s'efforçant de ne pas rougir.

Ethan crocheta l'ourlet à l'entrejambe pour révéler sa féminité. Il se pencha, l'effleura du bout de la langue, puis la recouvrit et appuya ses lèvres contre le coton moite. La chaleur de sa bouche, tout contre elle, fit suffoquer Nadia.

— Bon sang, Ethan, vous me rendez folle...

— Folle comment ? murmura-t-il.

— Folle de colère... Et de désir...

— Pas étonnant, répondit-il en continuant ses caresses à travers le tissu. Vous me faites exactement le même effet.

Nadia renversa la tête en arrière, la cognant sur le parquet, et battit des mains en une vaine tentative pour repousser Ethan. Trop tard. Les dents serrées, elle laissa échapper un long gémissement, le corps agité de spasmes de plaisir.

Lorsqu'elle ouvrit enfin les yeux, Ethan la dévisageait avec une satisfaction non dissimulée. Il acheva de la dénuder avant de se déshabiller à son tour. Il enfila ensuite le préservatif qu'elle lui avait donné, redressa la tête et leva un sourcil moqueur en surprenant le regard avide de Nadia.

— Que voulez-vous faire maintenant ? lui demanda-t-il d'un air innocent.

— J'ai déjà eu deux orgasmes, répondit-elle avec une honnêteté brutale. J'ai envie de vous.

Il hésita. Une tension bien réelle émanait de lui tandis qu'il prenait appui sur ses coudes et se présentait, imposant et rigide, aux portes de son intimité. Tout doucement, il s'immisça en elle.

— Ça va ? demanda-t-il, presque inquiet.

— Ça n'a jamais été aussi bien, murmura Nadia, étonnée de constater qu'elle le pensait. Je ne suis pas faite de porcelaine. Vous pouvez y aller.

— D'accord.

Mais il n'avança pas. Au lieu de se perdre en elle, il se pencha sur ses seins et les embrassa avec une ferveur mêlée de sensualité, tour à tour, sa main s'occupant de l'un pendant que ses lèvres taquinaient l'autre.

Ivre de frustration, Nadia lui agrippa la tête pour le forcer à la regarder.

— Allez-y. Maintenant ! Je n'en peux plus !

— Ça fait plaisir à entendre.

Malgré son air bravache, Nadia sut qu'elle avait gagné. Elle le vit au frémissement des narines d'Ethan, à la crispation de sa mâchoire. Il plissa les paupières pour concentrer son regard sur son visage et, enfin, plongea en elle d'un seul coup de reins.

Elle gémit — un son qui parut monter du plus profond de son être — et il s'immobilisa. Le cœur d'Ethan battait à tout rompre contre le sien, *boum, boum, boum*, pareil à un tambour de guerre. Elle inspira profondément, laissant son corps s'adapter à Ethan, puis relâcha l'air qu'elle retenait et sourit.

— C'est bon. Encore. Plus fort.

— Vous êtes exigeante, fit-il d'une voix étranglée. Très exigeante.

— Ne me dites pas que ça vous déplaît.

— Non, ce n'est pas ce que je dirai.

— Pourquoi vous arrêter, alors ?

— Parce que j'aime ça. Un peu trop, si vous voyez ce que je veux dire...

— Ethan...

— Laissez-moi respirer, bon sang. Si je bouge d'un centimètre, je ne vais pas pouvoir me retenir. Et je n'ai pas envie que tout finisse si vite.

A son tour, il avala une longue goulée d'air et ferma les yeux pour ne plus la voir. Une expression torturée froissait son beau visage, mélange de frustration et de détermination.

— Oh..., murmura-t-elle avec un petit rire.

Se savoir capable d'un tel effet, se sentir détentrice d'un tel pouvoir, faillit bien la faire exploser une troisième fois. Elle exultait. Mais, si elle ne voulait pas non plus en finir aussi vite, elle avait bien l'intention de lui faire partager ce sentiment d'extase qui lui donnait l'impression de flotter sur un petit nuage.

— Ce n'est pas drôle, grommela-t-il en se retirant avec précaution.

Nadia ne put retenir un gémissement de dépit.

— Mais qu'est-ce que vous faites ?

Ethan la foudroya du regard, comme si la réponse était évidente.

— Avoir un orgasme en quelques secondes, c'est parfait pour vous. Pas pour moi. Je ne veux pas me précipiter, et que l'un de nous deux finisse frustré.

Il se redressa, se repositionna entre ses jambes et se pencha pour l'embrasser de nouveau au plus intime de son être. Lorsqu'elle se mit à trembler, il replongea en elle, plus doucement cette fois. Il se figea presque aussitôt et passa ses deux mains sur son visage, inspirant profondément.

Nadia se redressa sur les coudes, médusée de le voir souffrir à ce point.

— Vous avez peur pour votre réputation, Ethan ?

C'était ridicule ! Si quelqu'un n'avait pas besoin de s'inquiéter, c'était bien lui. Il lui avait déjà offert la meilleure expérience sexuelle de sa vie entière. S'imaginait-il qu'elle avait un orgasme sitôt qu'un quasi-inconnu lui glissait une main dans la culotte au beau milieu d'un parc municipal ?

— Non, répondit-il enfin. C'est juste que j'ai l'impression de perdre le contrôle de moi-même quand je suis avec vous.

— Et je suppose qu'en général ce n'est pas le cas ?

Il grogna en guise de confirmation. Nadia sourit, ravie de le voir tourmenté par une impatience dont elle était la cause. Voilà qui était flatteur !

— Je me moque que vous vous contrôliez ou pas. Je me moque de combien de temps ça durera. Je veux vous avoir en moi. Je veux vous sentir bouger en moi.

Il la dévisagea d'un air incrédule, puis déclara sans desserrer les dents :

— Si vous croyez m'aider en disant ça, c'est raté. Vous faites exactement le contraire !

— Vous préférez que je me taise, alors ?

Il la dévisagea pendant un long moment en silence. Tout à coup, un sourire inattendu vint éclairer son visage, pareil à un rayon de soleil dissipant une tempête. Sa tension parut s'émousser pour laisser place à une expression espiègle. Avait-il remporté son combat intérieur ?

— Vous taire ? Très bonne idée. Si vous preniez ce que vous voulez au lieu de me supplier ? Servez-vous.

Une décharge d'adrénaline tordit l'estomac de Nadia. Elle acquiesça, ivre d'excitation, se remit à genoux et poussa Ethan sur le dos avant de prendre place à califourchon sur lui.

Il lui saisit les hanches et plongea les yeux dans les siens. Dans ses pupilles, le désir tourbillonnait comme du magma. Elle prit position juste au-dessus de lui et s'immobilisa, savourant l'instant. Même dans ses rêves les plus fous, elle ne s'était pas attendue à une expérience aussi intense, mélange de sensualité pure, de colère retenue et de complicité.

Elle étala ses mains sur ses épaules, les doigts écartés. Elles étaient trop larges pour que Nadia puisse les agripper. Peu importait, elles lui fourniraient l'appui dont elle avait besoin. Puis elle descendit sur lui.

Un filet de sueur apparut sur le torse d'Ethan. Nadia remonta avant de redescendre lentement, consciente des efforts qu'il faisait pour contrôler sa respiration. Elle le vit qui regardait ses seins avec avidité, comme s'il hésitait. Puis il se redressa soudain, sans même prendre appui sur ses mains, pour les embrasser tour à tour. Elle lâcha un rire de jubilation pure et glissa ses doigts dans ses cheveux pour attirer ses lèvres contre les siennes. Leurs langues se mêlèrent en un baiser sauvage.

Elle se mit à gémir quand Ethan cambra son bassin pour venir à sa rencontre. Un rugissement distant se fit entendre, semblable au son du ressac. Le déferlement de son sang dans ses veines ? songea-t-elle confusément. Elle avait la distincte impression d'être ballottée sur un océan en furie, vague après vague, chacune plus haute et plus puissante que la précédente. Sa raison céda telle une digue sous un flot d'extase. Elle cria quand les bras d'Ethan se refermèrent sur elle au moment où le plaisir la fauchait.

Il ne lui laissa pas le temps de se remettre. D'un simple coup de reins, il se retrouva de nouveau au-dessus d'elle. Il la posséda avec l'énergie du désespoir, se perdant en elle jusqu'à la garde. A chaque nouvel assaut, Nadia avait l'impression de se rapprocher de l'abîme. Elle hoqueta, incrédule. *Encore ?* La respiration d'Ethan sifflait à ses oreilles, mêlée aux supplications rauques qu'elle lui adressait sans s'en rendre compte. Il n'était plus question de pudeur, de séduction, de jeu. Juste de sensations à l'état pur.

De sa vie, elle n'avait jamais été aussi excitée que par le spectacle de cet homme qui la chevauchait tel un guerrier furieux, le front barré d'une ride de concentration, les muscles perlant de sueur. Il l'emplissait d'un bonheur dont elle n'avait pas soupçonné l'existence. C'était une expérience quasi mystique.

Avec un cri d'agonie, il la plaqua une dernière fois contre lui et laissa enfin libre cours à son propre plaisir. Stupéfaite, Nadia vit une intense lumière blanche apparaître devant ses yeux.

La lumière grandit, grandit, et l'absorba tout entière.

Lorsque Nadia revint enfin à elle, elle garda les paupières closes, un bras jeté en travers de son visage comme pour se cacher quelques instants de plus. Ethan était tout proche, gisant à moitié sur elle. Mais il avait glissé sur le côté et ne l'écrasait plus. Elle pouvait donc respirer librement.

Du moins en théorie. Son cœur cognait dans sa poitrine et elle sentait celui d'Ethan tonner à quelques centimètres d'elle. Son torse se soulevait et retombait à toute allure. Il essayait de reprendre le contrôle de lui-même, le plus vite possible. Elle le savait, parce qu'elle s'efforçait de faire exactement la même chose.

Elle avait l'impression qu'elle n'y parviendrait jamais. Son corps tout entier vibrait, résonnait comme un instrument de musique. Sa peau était luisante de sueur et elle avait l'impression que ses lèvres avaient doublé de volume.

Un tremblement incontrôlable s'empara d'elle, comme après un traumatisme. Ethan dut le sentir car il tressaillit, puis se figea. De longues secondes s'écoulèrent mais la tension, entre eux, continua de monter.

Enfin, il prit appui sur ses mains et se mit à genoux.

— Excuse-moi un instant, maugréa-t-il.

Elle ne répondit pas, et ne bougea pas davantage lorsque ses pas s'éloignèrent. Quand elle fut sûre qu'elle était seule, elle risqua un coup d'œil par-dessus son bras. Personne. Elle se rassit et d'un geste fébrile elle saisit son T-shirt, qu'elle enfila le plus vite possible. Une étrange sensation de froid la glaçait jusqu'à l'âme, comme si une machine invisible avait aspiré toute la chaleur de la pièce.

Quel idiot avait prétendu que faire l'amour avait des vertus apaisantes ? C'était exactement le contraire. Elle se sentait plus tendue encore que quand elle était arrivée. Tendue, et terrifiée. Mais quelle mouche l'avait piquée ? Comment avait-elle pu se comporter ainsi ? Son pouls, qui avait un peu ralenti, repartit de plus belle. Elle était à deux doigts de céder à la panique.

Elle se redressa en titubant, fourra sa culotte dans l'un de ses patins et fit de son mieux pour remettre son caleçon à l'endroit et l'enfiler le plus vite possible. Bon sang, elle devait absolument partir d'ici. Elle ne supportait pas la perspective d'affronter Ethan, pas après ce qui s'était passé. Elle comprenait mieux, à présent, pourquoi toutes ces femmes l'avaient mise en garde. Il était extraordinaire, irrésistible. C'était un sorcier. Et le seul moyen de lui échapper...

— Tu as déjà des regrets ?

Elle sursauta. Ethan la dévisageait depuis le seuil, apparemment intrigué par ses mouvements erratiques. Une serviette autour des reins, il avait l'air de sortir de la douche. Il fronçait les sourcils.

— Dois-je te rappeler que c'est toi qui t'es frottée contre ma main dans un parc municipal ?

Nadia le dévisagea, bouche bée. Sa brutalité lui coupait la parole. Elle avait du mal à le regarder dans les yeux — ou ailleurs. Elle se concentra donc sur un point entre ses pieds tout en essayant de se rhabiller avec le plus de dignité possible.

— C'est toi qui as mis la main dans mon caleçon en premier lieu, lui rappela-t-elle.

— Tu en mourais d'envie.

— Toi aussi.

— Je n'ai jamais prétendu le contraire : c'est la différence entre nous.

Nadia sautilla sur un pied pour passer la seconde jambe dans son caleçon — *bonjour, la dignité.*

Elle ne se sentait pas la force de lui tenir tête. Pas cette fois-ci.

— C'est bon, tu m'as prouvé que tu étais à la hauteur de ta réputation. Tu es content, je suppose ?

— Pas particulièrement, non.

Perplexe, elle se tut et lui décocha un regard méfiant. Son visage était sombre comme un ciel d'orage. A l'évidence, il était tout aussi ébranlé qu'elle par ce qui s'était passé.

— Ne t'avise pas de suggérer que j'ai profité de toi, gronda-t-il. Parce que ce n'est pas le cas et tu le sais pertinemment.

La seule façon de s'en sortir la tête haute, c'était de feindre l'indifférence. Elle devait paraître sophistiquée, même si son cœur cognait comme un marteau-piqueur.

— Oh ! mais je n'en avais pas l'intention, déclara-t-elle. J'avais très envie de toi. Et j'ai pris mon pied, comme tu as pu t'en rendre compte.

Puis elle se fendit d'un haussement d'épaules détaché, comme s'il s'agissait d'une peccadille.

— Je dois y aller, à présent.

— Parce que tu as eu ce que tu voulais ? demanda Ethan avec une amertume qui la prit de court. Tu as hâte d'aller tout raconter sur ton blog ?

Nadia, qui cherchait désespérément son soutien-gorge, se figea. Bon sang, elle avait presque oublié leurs blogs respectifs et leur petite guéguerre en ligne. S'il s'imaginait que c'était ce qu'elle avait eu en tête en s'offrant à lui, il était à côté de la plaque. Elle avait été complètement dépassée par la tournure des événements.

Il dut prendre son silence pour une confirmation de ses soupçons, car une ride de colère barra soudain son front.

— Je ne veux pas que tu écrives une ligne sur ce qui s'est passé. C'est personnel.

Nadia se détourna pour récupérer l'un de ses patins. Sans s'en rendre compte, il venait de lui fournir une échappatoire, un moyen d'en finir une bonne fois pour toutes. Elle s'y raccrocha désespérément.

— Mais la popularité de mon blog monte en flèche. Je ne peux pas décevoir mon public.

— Ton public est donc si important pour toi ?

— Mon blog l'est, oui.

— Et ce qui s'est passé entre nous ?

— Ça n'a pas d'importance.

— Alors tu vas tout raconter en détail, c'est ça ?

— Tu verras bien.

— Si tu continues de publier, alors moi aussi.

Nadia déglutit avec peine, puis acquiesça.

— Ce sera simplement ma perspective sur les événements.

Ethan fit un pas en avant, visiblement furieux, une main crispée sur le nœud de sa serviette.

— Tu vas donc avouer que tu m'as provoqué ?

— Oh ! parce que c'est le cas ?

— C'est toi qui as fait le premier pas, princesse.

Pas vraiment, mais elle comprenait ce qu'il voulait dire. Elle avait tout fait pour le pousser à agir.

— Tu n'attendais que ça, protesta-t-elle pour la forme.

— Je vois que tu t'obstines à refuser toute responsabilité. Quand comptes-tu être enfin honnête ? Reconnaître que je ne me sers pas des femmes ? Je prends juste du bon temps avec des adultes consentantes. Des femmes comme toi, martela-t-il en détachant chaque mot.

Comme elle, oui. Malheureusement, elle faisait dorénavant partie de la multitude.

— Je ne doute pas du fait que toutes tes maîtresses soient consentantes, lui répliqua-t-elle avec humeur. C'est juste qu'elles s'imaginent que tu as davantage à leur offrir que « du bon temps », comme tu dis. Sans quoi mon forum ne serait pas aussi actif.

— Je ne suis ni un menteur ni un profiteur. Je n'ai jamais rien laissé miroiter à ces filles.

— Oh si. Mais tu le fais sans même t'en rendre compte.

Il leur offrait le soleil, les étoiles, la lune, toute l'excitation de l'univers. Puis il partait, ne laissant derrière lui qu'un trou noir béant.

Le regard d'Ethan s'assombrit brusquement.

— Qu'est-ce que tu veux dire ? Que je suis un salaud par nature ? Ce n'est tout de même pas ma faute si une femme entend la *Marche nuptiale* sous prétexte qu'elle a passé la nuit avec moi !

En tout cas, c'était une erreur qu'elle ne commettrait pas. Et, pour ça, elle devait déguerpir. Elle oublierait Ethan, elle ne le reverrait plus jamais.

Comment s'était-elle imaginé une seule seconde qu'elle pourrait coucher avec lui et en sortir indemne ?

— Les femmes sont en général plus romantiques que les hommes. Est-ce que tu leur dis dès le départ que tu ne les verras pas plus de trois fois ?

— Je te l'ai dit à toi, en tout cas !

— Mais notre situation est différente. Complètement artificielle. C'est un défi que nous nous sommes lancé. En temps normal, nous ne nous serions jamais rencontrés.

Avec un haussement d'épaules, il laissa tomber sa serviette. Nadia ferma aussitôt les yeux. Lorsqu'elle osa les rouvrir, il avait enfilé son caleçon et elle se remit à respirer.

— Je parie que tu n'as jamais dit à une femme « Eh, amusons-nous un peu jusqu'à ce que je me lasse de toi ».

— Je ne sais pas à l'avance si je vais me lasser.

— Et pourtant, c'est systématiquement le cas.

S'il essayait de lui faire croire qu'il était à la recherche d'une relation durable, il pouvait repasser ! Elle n'était pas née de la dernière pluie.

— Je suis honnête, répéta-t-il comme un mantra. Je n'ai jamais fait croire à quiconque que je cherchais quelque chose de sérieux.

Tout en essayant de justifier l'injustifiable, il enfila sa chemise et la reboutonna. Ses mouvements saccadés trahissaient sa colère.

— Je n'aime pas les complications, c'est tout, renchérit-il.

— Pourquoi ?

— Parce qu'elles conduisent à ce genre de discussion et ça m'insupporte. Pourquoi les femmes sont-elles si compliquées ?

— Tous les êtres humains sont compliqués, Ethan. Toi le premier.

— C'est faux. J'ai des besoins très simples.

— Parce que tu es immature. Tu refuses d'affronter le problème fondamental.

— Quel problème ?

— Celui qui explique ta peur panique de l'engagement.

Nadia tenta d'enfoncer son pied dans un patin mais se rendit compte que quelque chose l'en empêchait. Elle plongea la main à l'intérieur et en retira sa culotte. Rougissant furieusement, elle la fourra sous l'élastique de son caleçon et chaussa le roller-blade. Ethan laissa échapper un juron étouffé.

— Qu'est-ce que tu fais ?

— Ça ne se voit pas ?

— Tu ne rentres pas chez toi en patins. C'est hors de question.

— Très bien.

Nadia se redressa, se déchaussant d'un mouvement sec.

— Je vais prendre un taxi, alors.

— Non. Je te raccompagne.

Pieds nus, il récupéra des clés qui traînaient par terre et se dirigea vers la porte. Après une hésitation, Nadia lui emboîta le pas.

Sa voiture, constata-t-elle, était aussi impressionnante que sa maison. Comme il connaissait le chemin, ils effectuèrent le trajet en un rien de temps, sans échanger un mot.

Ethan ne rompit le silence que lorsqu'ils s'arrêtèrent devant le petit immeuble où habitait Nadia.

— Nous avons encore un rendez-vous, lui rappela-t-il sèchement. Vendredi, ça te convient ?

Etait-il devenu fou ? Elle ne sortirait pas avec lui même si sa vie en dépendait ! Cette affaire ridicule était terminée.

— Vendredi, je ne peux pas, lui répliqua-t-elle du même ton. Je vois quelqu'un d'autre.

— Oh, vraiment ?

— Je ne savais pas que nous avions une relation exclusive. Ou une relation tout court. A quoi bon nous infliger un nouveau rendez-vous ? Nous n'avons pas assez souffert comme ça ?

— Ah, parce que c'étaient des cris de souffrance ? railla Ethan.

Nadia ferma les yeux, mortifiée. Elle voulait en finir au plus vite avec cette mascarade. « Deux rencards et bye-bye » lui suffisaient largement. Et si elle souhaitait se débarrasser de lui une bonne fois pour toutes, c'était le moment ou jamais. Elle devait s'assurer qu'il ne reviendrait pas à la charge.

Avec une indifférence étudiée, elle mit pied à terre et s'éloigna sans un mot, serrant ses patins contre son cœur comme pour l'empêcher de se fracasser en mille morceaux.

— Alors, comme ça, lança Ethan depuis la fenêtre de sa voiture, tu as obtenu ce que tu voulais ? Tu étais seulement motivée par la curiosité ?

Malgré le sarcasme, malgré le mépris, elle continua d'avancer. Elle n'avait rien à perdre. Ethan ne la détesterait jamais autant qu'elle se détestait en cet instant.

De nouveau, sa voix claqua, pareille à un fouet, dans le dos de Nadia.

— Dis-moi une chose, princesse : qui s'est servi de qui, au juste ?

Chapitre 8

Ethan écrasa l'accélérateur. Dans un crissement de pneus, sa voiture s'écarta du trottoir et se fondit dans la circulation. Lui qui détestait les situations compliquées, il était servi ! Pourtant, en temps normal, il était ravi de voir une relation se terminer par une rupture nette. C'était juste qu'il y avait eu quelque chose de vicieux, d'impitoyable, dans la façon dont Nadia l'avait congédié. Oui, c'était ça. Elle aurait au moins pu y mettre les formes.

C'est vrai, il aimait les femmes. Il en avait connu beaucoup, mais jamais comme ça. C'était la première fois qu'il éprouvait à la fois de la colère, de l'excitation et de la jubilation en faisant l'amour. C'était la première fois qu'il devait se contenir pour ne pas exploser sitôt qu'on le touchait. Le désir qu'il éprouvait pour Nadia était d'une violence telle qu'il lui tordait les tripes. Le plus inquiétant, c'était qu'au lieu d'être rassasié il avait deux fois plus envie d'elle maintenant qu'il avait goûté au fruit défendu.

Son plan, en arrivant à Hyde Park, avait pourtant

été clair : il la séduirait, il la provoquerait, mais il prendrait garde de ne pas répéter les erreurs de leur premier rendez-vous. C'était, après tout, le but de ce pari stupide : lui prouver qu'il n'était pas un animal. Oui, il avait envie d'elle. Mais il se retiendrait. En tout cas, c'était l'idée avant que la situation n'échappe à son contrôle.

De retour chez lui, il se dirigea droit vers la salle de bains — il avait bien besoin d'une douche. Il fut accueilli par le spectacle de sa baignoire qui débordait, répandant un flot d'eau savonneuse jusque dans le couloir. Il se rappela, mais un peu tard, qu'il avait fait couler un bain juste après avoir fait l'amour à Nadia, dans l'espoir de renouveler l'expérience dans un environnement plus confortable — eau chaude et bulles parfumées. Il ne s'était pas attendu à la trouver furieuse et hostile quand il était revenu dans le salon. Sa colère l'avait complètement pris de court. Qu'avait-il fait pour la mériter ? Il l'ignorait toujours. En attendant, une chose était sûre : il avait oublié de fermer le robinet avant de raccompagner Nadia.

Réprimant un accès d'humeur, il s'employa à réparer les dégâts, puis s'accorda une douche qu'il passa à ressasser les événements des dernières heures. Nadia avait atteint son but — coucher avec lui pour prouver au monde entier qu'il ne pensait qu'à ça. Elle n'avait pas la moindre envie de recommencer et ne voulait pas le revoir. L'affaire tout entière semblait avoir été un simple jeu à ses yeux. Le pire, c'était qu'il ne pouvait pas lui reprocher d'avoir menti.

Elle lui avait clairement dit ce qu'elle attendait de lui — une bonne partie de jambes en l'air à même le sol du salon.

Bref, conclut Ethan, pas de quoi se mettre dans tous ses états. C'était exactement ce qu'il recherchait quand il ramenait une fille chez lui. Pourquoi alors se sentait-il si amer ? Pourquoi avait-il l'impression d'avoir été trahi ?

Parce qu'il voulait davantage, voilà pourquoi. Il la désirait encore. Plus qu'avant, si c'était possible. Et ce n'était pas tout. Il adorait leurs joutes verbales, il adorait le défi permanent qu'elle représentait. Il aimait sa compagnie presque autant que son corps. Il frissonna à cette idée, malgré le jet d'eau chaude qui lui battait les épaules.

Secouant la tête avec incrédulité, il sortit de sa douche, se sécha et alla se préparer un café malgré la chaleur de cette fin d'après-midi. Un virus. C'était ça, son problème. Il couvait quelque chose, c'était sûr. Un genre de grippe estivale. C'était pour ça qu'il avait mal partout. Il ne voyait pas d'autre explication.

Nadia se terrait dans sa maison, volets fermés comme un vampire fuyant la lumière du jour. Elle guettait et redoutait le compte rendu qu'Ethan ne manquerait pas de publier sur son blog. Que révélerait-il ? Et que révélerait-elle à son tour ? Elle ne regrettait rien de ce qui s'était passé mais elle savait qu'elle avait commis une erreur. Une erreur qu'elle comptait bien ne pas répéter, en dépit des frémissements d'excitation qui lui couraient sur la peau quand elle pensait à lui.

Autant dire en permanence.

Pour la quarante millième fois, elle cliqua sur l'icône « rafraîchir » de son navigateur pour mettre à jour le blog d'Ethan. C'était désormais officiel : elle souffrait de troubles obsessionnels compulsifs ! La page n'avait pas changé. C'était le silence radio absolu.

Pour s'occuper, Nadia prit une douche et enfila un T-shirt frappé du logo de son site. Elle en avait fait fabriquer cinq cents — la commande minimum —, qui attendaient sagement dans des boîtes en carton empilées dans un coin de sa chambre. Elle en avait vendu quatre. Mais c'était un début, non ?

Tu parles. Elle leur tourna le dos et retourna dans le salon pour voir s'il y avait par hasard du nouveau sur le blog d'Ethan. Rien. Par ennui, elle regarda ses e-mails. La plupart étaient des alertes automatiques l'informant que de nouveaux messages avaient été postés sur *1FemmeAvertie*. Elle les lirait plus tard, se promit-elle.

Il y avait aussi un e-mail de Megan. Cette dernière lui envoyait une photo de son périple en bateau autour des îles grecques en compagnie de Sam.

Salut, ma chérie,
Sam et moi — et le reste de la planète — suivons à distance ta guerre avec ce type, Ethan, via vos blogs respectifs. Trop drôle. Tu l'as sacrément remis à sa place. Il a l'air très sexy, cela dit. Dommage que ce

soit un tel crétin, sinon tu aurais pu prendre un peu de bon temps avec lui.

Euh, oui, c'était exactement ce qu'elle avait fait. Avec succès, si le succès se mesurait au nombre d'orgasmes. Mais les doutes l'avaient assaillie dès que les brumes du plaisir s'étaient dissipées. Quant à le remettre à sa place… C'était bien l'intention initiale. Une intention qui avait déraillé quand il avait posé les lèvres sur elle…

Nadia replia ses jambes dans sa chaise de cuir pivotante et étudia le blog d'Ethan avec plus d'attention. La police de caractère, les graphismes qu'il avait choisis pour son site ne lui apprenaient rien sur sa personnalité. Après l'avoir vu deux fois, après lui avoir fait passionnément l'amour, que savait-elle vraiment de lui ? Qu'il était vif, drôle, qu'il avait un rire communicatif et que, quand il la regardait, elle avait l'impression d'être la femme la plus importante au monde. Mais à part ça ?

Sourcils froncés, elle se rapprocha de son clavier. Elle ouvrit son blog et se mit à taper.

Ethan Rush et moi
Episode 2

D'accord, je le reconnais, j'ai de nouveau brisé certaines de mes règles, comme lors de notre premier rendez-vous. La dernière fois, ça s'est retourné contre moi. Ce coup-ci, j'espérais reprendre l'avantage. Là encore, fiasco total. Ça m'apprendra à jouer avec le feu. Que ça vous serve de leçon à vous aussi, chères lectrices. Ces règles sont faites pour être respectées.

Pour être honnête — et je m'efforce de l'être dans toute cette affaire —, Ethan est un chic type. Il fait des efforts, il est généreux et, oui, il sait parler aux femmes. Il est poli, galant, protecteur. Ah, j'oubliais : il drague comme il respire.

Mais il est difficile à cerner. S'il n'a pas le moindre problème avec l'intimité physique — au cas où ce serait ce que vous recherchez —, émotionnellement, c'est autre chose…

Là, vous entrez en territoire inconnu. Interdit, même. J'en sais toujours aussi peu sur lui qu'avant notre premier rendez-vous.

Dans mon dernier message, je m'interrogeais sur ce qu'il y avait derrière cette séduisante façade. A présent, je me demande plutôt pourquoi il est à ce point déterminé à nous cacher l'envers du décor.

Est-ce sa façon de conserver sa part de mystère ? Si c'est le cas, je lui tire mon chapeau. Rien de tel pour enflammer la curiosité d'une femme. Oui, sa technique « j'appâte le poisson, puis je le ferre », détaillée sur son blog, fonctionne à merveille. Mais une fois sa proie capturée il reste muet sur son passé, sa famille, ses goûts. Or, pour la plupart d'entre nous, l'amour physique ne suffit pas.

Je pose donc la question : qu'a-t-il si peur de révéler ? Le fait qu'il n'y a rien à révéler, peut-être ?

Et s'il était juste superficiel ? Ça aurait le mérite d'expliquer pourquoi ses relations avec les femmes ne dépassent jamais trois rencards. Il connaît ses limites. Au-delà, on risque de s'apercevoir de la supercherie !

Ethan parcourut ces lignes les poings serrés, tentant de réprimer le flot d'indignation qui montait en lui. Une réaction, il en avait conscience, que ne justifiaient pas les propos de Nadia. Avait-elle été mauvaise langue ? S'était-elle montrée indiscrète ?

Non. Elle avait fait preuve d'honnêteté et d'élégance en même temps. Elle suggérait sans révéler. Elle n'essayait pas de nier les faits mais n'éprouvait pas pour autant le besoin de laver son linge sale en public. Ethan supposait qu'à la question « Tu te l'es fait ? » — question que ne manqueraient pas de lui poser ses amies — elle répondrait de façon évasive. Il comptait faire de même quand on l'interrogerait.

Bref, il n'avait pas de raison de lui en vouloir. Alors d'où venait sa colère ? Il fulminait. *Ethan est un chic type ?* D'abord, qui disait encore « chic type » de nos jours ? Et pourquoi ce qualificatif lui déplaisait-il à ce point, lui qui avait passé toute sa vie à essayer de polir son image ? C'était sans doute que la remarque sonnait presque compatissante, comme si Nadia lui avait désespérément cherché une qualité et qu'elle n'en avait pas trouvé. « Chic type », à qui savait lire entre les lignes, rimait avec « médiocre ». C'était un compliment par défaut. Il n'aimait pas passer pour un loser, merci beaucoup. Elle allait voir ce qu'elle allait voir !

Ah, autre chose. Elle faisait mine d'endosser une part de responsabilité — le minimum syndical — pour mieux lui en faire porter la plus grande partie. Qu'est-ce que c'était que ce tissu d'âneries sur le thème « Je ne sais rien de lui » ? Si c'était le cas, elle ne pouvait pas l'en blâmer. Quand au juste lui avait-elle posé la moindre question personnelle ? Elle avait passé leur premier rendez-vous à parler d'elle — même si c'était lui qui l'avait encouragée, d'accord. Quant au second, elle n'avait ouvert la bouche que pour gémir. Et, au moment où ils auraient pu discuter un peu, elle avait pris ses cliques et ses claques et elle était partie. Elle ne s'était pas attardée une seconde de plus que nécessaire chez lui. Ils avaient fait l'amour et elle avait pris la poudre d'escampette. Alors où allait-elle chercher l'idée que, si elle ne le connaissait pas, c'était qu'il avait quelque chose à cacher ? C'était de la mauvaise foi caractérisée.

D'abord, que voulait-elle savoir exactement ? Sa couleur préférée ? Ses souvenirs les plus chers ? C'était complètement idiot. Si elle avait envie de le connaître, elle n'avait qu'à passer du temps avec lui.

Il termina son café d'une traite — avalant au passage le dépôt de marc au fond de la tasse. Avec une grimace, il s'installa devant son ordinateur et se mit à taper comme s'il voulait défoncer chaque touche.

Essai transformé ?

Il s'arrêta aussitôt. C'était pitoyable. Il n'avait même pas envie de répondre à la question. Il ne savait pas comment le faire sans avouer ce qui s'était passé, chose à laquelle il répugnait. Il n'était pas du genre à tout déballer. Il regrettait désormais d'avoir créé ce blog et entamé les hostilités avec Nadia. C'était une idée stupide. Il avait la distincte impression d'avoir creusé un trou dont il ne pouvait plus sortir. Une solution aurait été de tout effacer et de fermer son site mais il s'y refusait — il n'en avait pas fini avec elle. Leur contrat de départ — sortir ensemble à trois reprises — était le meilleur moyen de la harponner de nouveau. Il ne s'était pas encore lassé d'elle et il comptait bien le lui faire savoir.

Le poisson a mordu à l'hameçon ! Mission accomplie.

Dans un étonnant accès d'honnêteté, MissCynique en personne l'avoue : ma technique fonctionne. Mais comme elle le souligne cette technique a un défaut majeur : son efficacité est limitée dans le temps.

C'est vrai, je suis le premier à le reconnaître. La question est de savoir combien de temps vous voulez garder votre proie. Pour beaucoup d'hommes, tout le plaisir réside dans la conquête — ou devrais-je dire la capture ? Et, disons-le clairement, une majorité de femmes adorent ce petit jeu et sont ravies de s'y livrer. Sitôt attrapé, sitôt relâché, notre petit poisson est libre d'aller mordre à un autre hameçon. C'est là que réside l'excitation. C'est un jeu bien innocent tant que ses participants en connaissent les règles.

Et c'est là le problème. Pour nous, les hommes, ces règles sont claires. Mais de trop nombreuses femmes nous accusent de nous servir d'elles sous prétexte qu'elles n'ont pas vraiment réfléchi à ce qu'elles faisaient quand elles ont décidé de jouer avec les allumettes. Si vous vous brûlez, mesdemoiselles, ce n'est pas toujours notre faute. Pensez-y.

Je note que MissCynique s'interroge sur mon éventuelle superficialité. Il va falloir qu'elle m'explique ce qu'elle attend de moi, au juste. Parce que je ne suis pas du genre à philosopher sur la politique ou la religion quand je sors avec une fille. Désolé, mais je suis là pour m'amuser.

MissCynique et moi devons nous revoir une dernière fois, voyons ce que l'avenir nous réserve. Il est évident que je vais devoir lui montrer mon côté sensible. Mais chut, je ne peux rien révéler de la surprise que je lui réserve. Tout ce que je peux vous dire, c'est qu'elle ne s'y attendra pas…

Ethan regarda son curseur traverser l'écran, laissant derrière lui une traînée fantomatique pour se poser sur le bouton « publier ». Il n'était pas satisfait de ce qu'il venait d'écrire mais il ne pouvait pas faire mieux. Il pestait toujours, en son for intérieur, contre le traitement que lui avait réservé Nadia. Elle voulait le connaître ? Très bien, il allait lui ouvrir en grand les portes de sa vie privée et la pousser direct à l'intérieur.

Il venait d'avoir une idée si diabolique qu'il faillit éclater de rire. Pour le connaître, elle allait le connaître ! Elle l'avait bien cherché, après tout. Son seul regret, c'était qu'il lui faudrait attendre une semaine entière avant de mettre son plan en marche.

Il cliqua enfin sur « publier » et, d'un coup de pied, fit rouler sa chaise loin du bureau. La perspective de devoir patienter sept jours raviva soudain sa colère. Mais il pourrait peut-être mettre ces quelques jours à profit pour reprendre le contrôle de ses hormones. Tiens, et s'il sortait lui aussi vendredi soir, puisque c'était ce que Nadia comptait faire ? Elle avait été claire : leur relation n'était pas exclusive. Il était libre de s'amuser avec une autre femme, une femme qui lui poserait sans nul doute beaucoup moins de problèmes. Il n'avait qu'à appeler ses amis et leur proposer une virée dans leur bar préféré. Peut-être que la chance lui sourirait.

Son estomac se tordit de nouveau, tandis qu'un goût âcre de café lui brûlait le fond de la gorge. Cette fois, c'était sûr. Si l'idée de sortir lui donnait des nausées, c'était vraiment qu'il était malade.

Lundi, mardi, mercredi s'écoulèrent avec une lenteur qui avait un avant-goût d'éternité. Nadia était sur les nerfs, tressaillant au moindre bruit. Son sommeil s'en ressentait, sans parler de son appétit. Elle n'avait même pas souffert à ce point quand elle avait découvert, bien des années auparavant, que son merveilleux petit ami déflorait les étudiantes de première année à tour de bras. Non, à côté de ce que lui infligeait Ethan, c'était de la rigolade.

Elle passait la moitié de ses nuits debout, à lire les commentaires qui continuaient d'apparaître avec une régularité alarmante sur leurs blogs respectifs. C'était affreux. Sur son site, Ethan était salué comme un messie de la gent masculine. Les spéculations abondaient sur ce qui s'était passé lors de leur second rendez-vous. La plupart mettaient dans le mille, certaines de façon vulgaire. Curieusement, aucune des femmes qui avaient lancé le sujet de départ sur *1FemmeAvertie* n'était intervenue depuis. Nadia en fut surprise — elle aurait juré qu'elles seraient intéressées et amusées par leur défi.

L'affaire tournait à l'obsession — Nadia s'en rendit compte quand elle se mit à surfer sur internet depuis le travail. Elle devait vraiment prendre sur elle pour ne pas rafraîchir le blog d'Ethan toutes les deux minutes. En général, elle y parvenait. Une fois sur dix, elle cédait à sa pulsion. Mais il ne posta plus de nouvelle intervention et ne répondit pas aux messages qui s'ajoutaient quotidiennement. Elle l'imita — c'était la politique la plus sage. Elle n'avait d'autre choix que d'attendre.

La patience n'était malheureusement pas son fort. Les jours passaient et Ethan ne l'avait toujours pas recontactée. Elle attendait, encore et encore, sursautant chaque fois que le téléphone sonnait ou qu'un e-mail arrivait, s'asseyant sur ses mains pour s'empêcher de l'appeler. Et dire qu'elle s'était imaginé ne jamais le revoir... Cette perspective lui paraissait à présent insupportable. Elle voulait s'excuser de son comportement, ravaler les mots amers qu'elle avait prononcés cet après-midi-là, même si elle soupçonnait qu'il s'en moquait comme de l'an quarante. Tout cela n'était qu'un jeu pour lui. Un jeu qu'il ferait tout pour gagner.

Puis le moment tant espéré arriva — son téléphone sonna et le nom d'Ethan s'afficha sur l'écran. Une sueur froide baigna le front de Nadia et elle s'arrêta un instant de respirer. L'excitation la paralysait. Restait à espérer qu'elle pourrait répondre d'une voix normale.

— Allô ? dit-elle dans un couinement suraigu.

Pas de chance. Elle attendit désespérément qu'Ethan dise quelque chose mais il semblait prendre un malin plaisir à faire durer le suspense. Nadia n'entendait que le chuintement de la ligne et les battements de son propre cœur. Quelques secondes s'écoulèrent qui lui parurent durer des heures.

— J'appelle au sujet de notre prochain rendez-vous, annonça-t-il enfin.

— Les deux premières fois ne t'ont pas suffi ? Tu veux recommencer ?

Nadia se mordit la lèvre en prenant conscience du double sens bien involontaire de sa question. La prochaine fois, elle tournerait sept fois sa langue dans sa bouche avant de parler, se promit-elle.

— Tu crois que je vais te laisser t'en sortir comme ça ? Un contrat est un contrat. Tu te dégonfles ?

— Pas du tout. Nous pouvons nous voir une dernière fois, comme convenu.

— Je sais que tu sors vendredi soir. Est-ce que tu es libre samedi, dans ce cas ?

— Oui.

Inutile de lui dire la vérité — elle n'avait rien à faire vendredi. Mais pas besoin non plus de tirer davantage en longueur. Ce n'était plus un jeu mais une question de survie.

Evidemment, pour survivre, le plus prudent était de ne jamais le revoir... Malheureusement, elle en était incapable. Elle ne pouvait pas lui dire non, quand bien même elle le voudrait. Elle savait que ses lèvres refuseraient de former ce mot.

— Je passerai te prendre dans l'après-midi, annonça-t-il.

— L'après-midi ? s'étonna-t-elle.

Elle rougit en songeant à ce qui s'était passé la dernière fois qu'ils s'étaient vus en journée. La vision fut si brutale qu'elle crut sentir l'odeur de l'herbe fraîche, le coussin moelleux qu'elle formait sous son dos.

— Oui. Mais cette fois pas d'exercice au programme. Ce sera une sortie un peu plus... formelle. Mets quelque chose d'élégant. Tiens, comme la robe que tu portais le soir du cinéma, par exemple.

— Ne t'en fais pas pour moi. Je trouverai.

— Parfait. Je passerai à 1 heure.

Il raccrocha sans même dire au revoir. Le résultat, ce fut que Nadia eut toutes les peines du monde à se concentrer sur son travail pendant le reste de la journée. Elle aurait préféré être chez elle, libre de ruminer sur leur conversation ou de spéculer sur ce que le week-end lui réservait.

Elle profita de sa pause-déjeuner pour aller marcher un peu. Elle s'acheta une glace — elle avait besoin de se rafraîchir de l'intérieur — et se donna une migraine en la mangeant trop vite. Bon sang, elle devait vraiment se ressaisir. Elle ne voulait pas ruiner sa réputation chez Hammond à cause d'un type qu'elle n'avait vu que deux fois dans sa vie, et qu'elle ne reverrait plus après ce week-end. Elle se sermonna donc intérieurement et, quelque peu rassérénée, regagna son bureau. Elle se plongea dans son travail, rattrapa son retard et s'accorda la satisfaction masochiste de faire des heures supplémentaires. Elle parvint même à ne pas se rendre une seule fois sur internet.

Sitôt rentrée chez elle ce soir-là, elle envoya un texto à Megan. Ethan avait parlé d'un événement formel. *Au secours !* Faire élégant mais pas trop habillé en journée n'était pas chose facile. Elle allait avoir besoin d'aide. Heureusement, son amie répondit presque aussitôt.

Robe obligatoire et cheveux attachés. Sers-toi dans mes affaires.

Le samedi venu, Nadia suivit les conseils de son amie. Elle noua une partie de ses cheveux en une natte fine qu'elle attacha avec le reste à l'aide d'une barrette. Elle aurait bien voulu emprunter une paire de chaussures dans l'extraordinaire collection de Megan mais cette dernière chaussait deux tailles de plus qu'elle. Elle se maquilla un peu plus que d'habitude, essentiellement pour cacher les cernes dus au manque de sommeil.

A 1 heure pile, elle ouvrit la porte. Engourdie par un mélange de panique, d'excitation et de timidité, elle échangea un long regard avec Ethan. Aucun des deux ne parla. Le silence s'étira et devint si pesant qu'elle fut sur le point de paniquer.

— Est-ce que... quelque chose ne va pas ? bredouilla-t-elle. C'est ma tenue ?

— Ta tenue est parfaite, répondit-il d'une voix rocailleuse.

Il s'éclaircit la gorge et ajouta d'un ton plus normal :

— Tu es splendide.

Il était vêtu de manière décontractée mais élégante, et Nadia fut soudain ravie d'avoir choisi une robe de soie grise et une paire de sandales à talons. Une brume opaque engluait son esprit, une torpeur à laquelle elle n'arrivait pas à s'arracher. Elle voulait s'excuser, le supplier de lui donner une nouvelle chance. Elle désirait aussi des choses bien plus inavouables.

Quelques minutes plus tard, ils traversaient Londres en direction de l'ouest dans le confort de sa voiture. Une délicieuse odeur flottait dans l'habitacle, mélange de cuir et d'après-rasage.

— Vous pouvez changer la musique si elle ne vous plaît pas, dit-il en désignant la radio.

Nadia secoua la tête. Elle aimait le groupe qui passait — un rock nerveux et angoissé qui reflétait son état d'esprit.

— Où allons-nous ?

— Oh ! vous savez que j'aime garder une part de mystère, répondit-il.

Il avait l'air réjoui d'un chat qui venait d'avaler une souris. Nadia lui jeta un regard de biais mais il avait les yeux rivés sur la route et ne semblait pas désireux d'entamer la conversation. Très bien, puisque c'était comme ça, elle non plus !

Quarante minutes plus tard — quarante minutes d'un silence oppressant —, ils arrivèrent dans l'un de ces villages pittoresques qu'affectionnait la jet-set anglaise. Ethan semblait savoir exactement où il allait et, quelques minutes plus tard, se gara dans l'allée d'un manoir majestueux. Des ballons roses ornaient le portail et des voitures de luxe occupaient toute la rue.

La tension de Nadia monta en flèche à ce spectacle. Cette fois, il n'était plus question de garder le silence. Que diable faisaient-ils là, dans ce carré idyllique de la campagne anglaise ? Lentement, elle sortit de la voiture et suivit Ethan jusqu'à la porte d'entrée. A travers les grandes fenêtres qui la flanquaient, elle apercevait une foule d'invités à l'intérieur, tous plus élégants les uns que les autres.

Alors elle comprit.

— C'est une sorte de réunion de famille, c'est ça ?

Horrifiée, elle monta les marches du perron. Une chose était sûre, elle n'avait plus la moindre envie de s'excuser ou de supplier Ethan. Plutôt de lui arracher les yeux !

— Le baptême de mon neveu, oui.

Il s'amusait comme un fou, c'était évident. La colère de Nadia explosa.

— Ramène-moi tout de suite à Londres. Ma place n'est pas ici. Je refuse de me laisser manipuler.

— Oh ? De la part d'une experte en manipulation telle que toi, c'est un peu l'hôpital qui se moque de la charité, tu ne trouves pas ?

— Je n'ai jamais manipulé personne !

— D'un côté tu me traites comme un moins-que-rien, de l'autre, tu m'allumes à m'en faire perdre le sommeil. Tu appelles ça comment ?

Le cerveau de Nadia, qui fonctionnait toujours au ralenti, n'enregistra qu'une partie de sa phrase.

— Te… te faire perdre le sommeil ? Tu veux dire que… tu as toujours envie de moi ?

D'un geste brusque, Ethan lui enveloppa la taille et l'attira contre lui.

— Pourquoi cette question ? Tu as envie de moi, toi aussi ?

Une main descendit sur ses fesses et y exerça une pression sensuelle. Nadia eut l'impression qu'un tison la brûlait à travers le tissu de sa robe. Un violent frisson la parcourut.

Sans crier gare, elle eut envie de pleurer. Elle était lasse. Elle en avait assez du désir presque désespéré qu'elle éprouvait pour lui. Assez de ne jamais savoir sur quel pied danser.

— Je n'ai jamais essayé de te manipuler, répondit-elle à mi-voix.

Bon sang, elle avait presque l'air de s'excuser, maintenant. C'était pathétique.

— Mon œil, répliqua Ethan.

Ils restèrent un long moment immobiles, les yeux dans les yeux, s'affrontant en un combat silencieux. Ethan tremblait mais elle n'aurait su dire si c'était d'une colère trop longtemps réprimée, de désir, ou d'un mélange des deux. Ces émotions, elle les ressentait, elle aussi. Elle leva les yeux sur lui, presque suppliante. Elle se moquait bien, en cet instant, de révéler sa vulnérabilité. Elle avait besoin de lui comme elle avait besoin d'oxygène, c'était aussi simple que ça.

Le regard d'Ethan s'assombrit brusquement. Il prit une inspiration sifflante puis, comme s'il était la proie d'une force qui le dépassait, pencha le visage vers elle. Nadia redressa la tête et entrouvrit les lèvres. Un soupir tremblant lui échappa. Jamais elle n'avait attendu un baiser avec une telle impatience. Les mains d'Ethan se crispèrent sur sa taille, puissantes comme des serres, accentuant encore l'excitation de Nadia.

Ses lèvres n'étaient qu'à un centimètre des siennes lorsqu'il se figea brusquement, puis redressa la tête.

Nadia s'aperçut un peu tard que la porte d'entrée venait de s'ouvrir.

Sans la relâcher, Ethan adressa un sourire éclatant à la femme qui venait d'apparaître sur le seuil.

— Oh. Bonjour, maman.

Chapitre 9

— Ethan ! C'est toi. Toi et...

Sa mère s'interrompit, visiblement stupéfaite. Son regard passa de l'un à l'autre et Nadia se raidit, horrifiée. Elle prit soudain conscience de la position dans laquelle elle se trouvait, accrochée à Ethan comme une sangsue. Elle pesait de tout son poids sur lui.

Elle essaya de reculer mais un vrai cerceau de métal autour de sa taille — le bras de son compagnon — l'en empêcha. Désespérée, elle s'humecta les lèvres et afficha son plus beau sourire. Puis elle se tourna vers la femme qu'elle ne s'était jamais, au grand jamais, attendue à rencontrer. Elle ouvrit la bouche mais fut interrompue avant de pouvoir se présenter.

— Ethan ?

Deux femmes plus jeunes apparurent à côté de sa mère. La ressemblance physique entre elles était frappante.

— Maman, je te présente Nadia. Nadia, voici ma mère, Victoria, et mes deux sœurs, Jessica et Polly.

Les visages tournés vers eux exprimaient une vive incrédulité. Soit Ethan ne l'avait pas remarqué, soit il s'en moquait — il était l'expression même de la décontraction. Nadia luttait contre une furieuse envie de s'enfuir en courant — ce qu'elle aurait sans doute fait s'il ne l'avait pas retenue.

Elle secoua légèrement la tête pour dissiper les brumes qui troublaient sa vision. Mauvaise idée : son stress monta encore d'un cran quand elle vit sa famille plus clairement. Ses sœurs — elle aurait dû s'y attendre — ressemblaient à deux mannequins. Elles exsudaient la même grâce éthérée et le même raffinement que leur mère. Nadia, en comparaison, se sentait godiche et provinciale.

— Nous sommes ravies de vous rencontrer, fit Polly après avoir échangé un coup d'œil entendu avec sa sœur. Je comprends mieux pourquoi c'est moi qui ai dû passer chercher maman, et pas Ethan comme c'était prévu.

— Evidemment, ce n'est pas toi qui risquais de venir accompagnée, fit valoir l'intéressé, resserrant son étreinte sur Nadia.

— Nous ne pensions pas davantage que tu le serais, lui rétorqua Polly.

Cinq secondes interminables s'écoulèrent avant qu'elle ne prenne conscience de sa gaffe. Elle rougit et adressa à Nadia un sourire penaud.

— Mais nous sommes enchantées de faire votre connaissance, bien sûr, ajouta-t-elle en hâte. Soyez la bienvenue.

Nadia, pendant ce temps, continuait de tirer sur

la chemise d'Ethan dans l'espoir de le repousser. En vain. Autant essayer de déplacer une montagne. Plaquée contre lui, elle sentait son torse se soulever sous sa joue et ajouter à son trouble.

— Oh ! euh, merci beaucoup, bredouilla-t-elle avec un sourire destiné à dissimuler son embarras. Je suis vraiment désolée d'arriver à l'improviste. J'espère que ça ne vous dérange pas. Si vous voulez…

— Entre, coupa Ethan. Tu ne déranges personne.

Il la força à avancer, tout en ayant l'air de simplement l'accompagner. Les trois femmes s'écartèrent et Nadia pénétra dans une entrée aux dimensions majestueuses.

— Je te préviens, murmura-t-elle sans desserrer les dents, je ne compte pas rester ici une seconde de plus que nécessaire.

— Oh ! mais tu n'as pas le choix.

Il sourit avec la satisfaction d'un homme qui voyait ses plans se dérouler comme prévu, et enchaîna :

— Quel meilleur endroit pour apprendre à me connaître ? C'est bien ce que tu voulais, non ? Tu vas rencontrer ma famille et découvrir une foule de détails sur moi, tous ces petits trucs dont les femmes raffolent. Mes sœurs seront ravies de te révéler tous mes secrets.

Ainsi, c'était donc sa façon de répondre à ses dernières critiques ? Nadia secoua la tête, éberluée. Il était incroyable. Mais, qu'elle le veuille ou non, elle était bel et bien coincée là, virtuellement prisonnière jusqu'à ce qu'il décide de la ramener à Londres.

Alors pourquoi ne pas en profiter ? Il n'avait pas tort. Elle mourait de curiosité. Et, à en juger par le regard amusé qu'il posait sur elle, Ethan le savait. La réaction de sa mère et de ses sœurs indiquait déjà que ce n'était pas tous les jours qu'il leur présentait ses maîtresses. Nadia n'était pas stupide au point d'y lire un sens caché — elle savait qu'il s'agissait simplement d'une manœuvre stratégique dans la guerre qui les opposait.

Elle fit tout de même une dernière tentative pour s'échapper, juste au cas où.

— Ce n'est pas très poli de m'imposer à ta famille sans leur avoir demandé leur avis.

— Je n'ai pas de leçon de politesse à recevoir de ta part.

Nadia déglutit avec difficulté, ébranlée par la virulence de cette contre-attaque, avant de faire valoir d'une voix moins assurée :

— C'est toi qui m'as tenue collée contre toi devant la porte d'entrée, je te rappelle.

Le sourire d'Ethan réapparut, malicieux.

— Je pense que ma mère et mes sœurs auraient été bien plus choquées, si je t'avais relâchée, de découvrir l'effet que tu produis sur moi...

Nadia rougit, horrifiée et excitée à la fois.

— Tu... tu crois vraiment que ma présence ne choquera personne ?

Elle leva vers lui un regard interrogateur. Malgré l'ironie affichée sur ses traits, des ombres dansaient dans les profondeurs de ses yeux. Il n'était pas aussi à l'aise qu'il voulait bien le faire croire.

— Tant que tu ne te frottes pas contre moi en public, ça ne devrait pas poser de problème, lui chuchota-t-il.

Un bruit de pas sur le sol de marbre empêcha Nadia de répondre. Polly traversait l'entrée dans leur direction.

— Le baptême sera célébré à l'église juste au bout de la rue, annonça-t-elle. Après quoi nous reviendrons ici pour un buffet dans les jardins.

Nadia rosit et sourit à la sœur d'Ethan.

— Est-ce que je peux faire quelque chose ? Donner un coup de main ?

— Je suis sûr que Jess et Polly ont tout planifié avec une précision militaire, déclara Ethan en riant. Tu n'as qu'à servir de décoration, comme moi.

Puis il se tourna vers sa sœur, soudain plus grave, et enchaîna dans le même souffle :

— Il est là ?

Polly acquiesça, avec un haussement d'épaules fataliste.

— Oui. Seul.

Ils échangèrent un regard lourd de sens qui n'échappa pas à Nadia. De qui parlaient-ils ?

— Eh, je n'ai pas eu l'occasion de te féliciter pour tes derniers résultats ! reprit Polly d'un ton plus enjoué. J'ai cru comprendre que tu étais devenu la poule aux œufs d'or de ton cabinet ? Bravo, c'est...

— Ne te fatigue pas à essayer d'impressionner Nadia, coupa son frère. Elle connaît déjà ma cyberréputation.

Polly rougit, puis secoua la tête.

— Ce n'est pas elle que je voulais impressionner. C'est plutôt à lui que tu devrais vanter ta réussite.

Ethan se contenta de grogner. Avec un soupir, Polly se tourna de nouveau vers Nadia.

— Venez, nous ferions bien d'y aller si nous ne voulons pas être en retard.

L'église n'était qu'à quelques minutes de marche de la maison. Les invités entrèrent en une procession joyeuse et prirent place. Guidée par Ethan, Nadia n'eut d'autre choix que de se diriger vers le devant de la nef.

La main qu'il posait dans son dos lui donnait des bouffées de chaleur et elle fut saisie d'un sentiment d'irréalité. Que faisait-elle là, en plein milieu de ce moment d'intimité familiale ? Oh ! il s'était bel et bien joué d'elle. Quelque part, telle une voix distante dans la brume, sa raison criait vengeance. Mais, de plus en plus, elle se demandait si elle était de taille à affronter un tel adversaire. Elle avait l'impression de ne plus rien contrôler, d'avoir entamé un jeu dont elle ne maîtrisait pas les subtilités.

Dans l'espoir d'arrêter ses ruminations, elle se força à se concentrer sur une petite fille assise non loin. Vêtue d'une robe rose, elle gigotait sur son siège, incapable de tenir en place.

— C'est Isabella, la fille aînée de Jess, lui confia Ethan à l'oreille.

Ainsi donc, il l'observait, songea Nadia. Et les autres invités, à leur tour, semblaient les observer tous les deux en une étrange mise en abyme.

Son impression se confirma lorsqu'ils se réunirent autour des fonts baptismaux et qu'elle surprit plusieurs regards curieux braqués sur eux. Les gens les étudiaient, spéculant sans doute sur la façon dont Ethan lui tenait la main — pas par tendresse, elle le savait, mais pour l'empêcher de s'éloigner. Un groupe de femmes, un peu en retrait, lorgnait Ethan avec avidité. Même celles qui étaient en couple lui glissaient de temps à autre un regard brillant ! Nadia se sentit plus inexistante que jamais et se prit à redouter le buffet qui allait suivre. Elle était sûre qu'elle y serait mise sur la sellette, et pas forcément de manière subtile.

Elle avait vu juste.

« Je vous présente Nadia. »

Dans les heures qui suivirent, elle entendit Ethan répéter cette phrase, encore et encore, devant un nombre étourdissant d'inconnus. Jamais il n'ajouta de qualificatif ou de descriptif à ces quelques mots. Ni « une amie » ou « ma compagne » ou même « la reine des garces ». Non, juste « Nadia ». Malgré la curiosité générale, personne n'était assez impoli pour poser de question.

Oh oui, il était maître dans l'art d'entretenir le mystère. Elle rencontra une flopée d'oncles, de tantes, de cousins, d'amis de la famille, un flot ininterrompu de gens qui jouaient un rôle plus ou moins important dans la vie d'Ethan. Mais elle était bien trop perturbée par sa présence, tout contre elle, pour songer à glaner la moindre information sur son compte.

— Je vais te chercher un autre verre, lui souffla-t-il un peu plus tard, tout en la délestant de sa coupe de champagne. Je suggère que nous passions à la limonade. Il ne faudrait pas que l'alcool nous monte à la tête.

Nadia fit de son mieux pour ignorer son regard malicieux. Une fois seule, elle se tourna vers le jardin et emprunta un chemin qui serpentait entre des massifs de roses dans l'espoir d'éviter les autres invités. Les fleurs étaient magnifiques, épaisses et odorantes. Admirative, elle ralentit le pas pour en caresser quelques-unes.

— Elles sont belles, n'est-ce pas ?

Nadia tressaillit et redressa la tête. Un homme d'une soixantaine d'années se tenait de l'autre côté du buisson chargé de roses écarlates devant lequel elle s'était arrêtée. Il lui tendait une coupe de champagne à travers les branches. A sa surprise, elle crut reconnaître sa voix alors qu'elle était sûre de ne l'avoir jamais vu.

Elle accepta le verre qu'il lui offrait avec un sourire de remerciement. Puis elle hocha la tête en réponse à sa question.

— Très belles, en effet.

— C'est ma variété préférée, déclara l'homme en désignant les roses rouges. *Gruss an Teplitz*. Je m'appelle Matthew, au fait.

La lumière se fit dans son esprit. Bien sûr ! Matthew Rush, le journaliste politique. Elle l'avait entendu à de nombreuses reprises à la radio pendant que ses parents se préparaient à aller travailler. Combien de fois lui avait-on ordonné de se taire quand Matthew Rush était sur les ondes ! Sa curiosité s'éveilla. Quel était son lien de parenté avec Ethan ?

— Enchantée. Je m'appelle Nadia.

Elle se força à avaler une gorgée de champagne. Ethan avait raison — elle avait assez bu. Mais elle ne voulait pas paraître impolie.

— J'aime celles-ci, ajouta-t-elle en caressant une fleur d'un rose si pâle qu'elle en était presque blanche.

Matthew hocha la tête d'un air appréciateur.

— *Souvenir de la Malmaison.* Excellent choix. Polly les a plantées pour Jess il y a deux ans. Elle a fait du beau travail.

— Oui, c'est splendide, répondit Nadia en reprenant son exploration.

Matthew fit de même, de l'autre côté de l'allée, et s'arrêta pour désigner un bosquet.

— Sentez-moi ça. *Madame Alfred Carrière.*

— Nadia ?

Elle se tourna en entendant la voix d'Ethan claquer dans son dos. Il s'était arrêté au début du sentier herbeux, comme s'il refusait d'aller plus loin. Malgré la distance, elle percevait les vagues d'hostilité qui émanaient de lui. Nadia jeta un coup d'œil rapide à Matthew Rush pour voir s'il en était la cause, mais ce dernier arborait une mine parfaitement impassible.

— Bonjour, Ethan, fit-il d'une voix calme.

— Papa.

Ethan avait répondu d'un ton glacial — Matthew Rush était donc son père ? Puis il fit face à Nadia. Son visage exprimait une tension presque effrayante.

— Viens. Je vais te faire visiter l'ancien hangar à bateau. Jess vient de le faire redécorer.

— Oh. D'accord.

D'un signe de tête, elle salua Matthew et s'éloigna, complètement médusée. Que s'était-il passé entre ces deux pour justifier une telle animosité ?

— Je ne savais pas que Matthew Rush était ton père, dit-elle pour meubler le silence, quand ils se retrouvèrent seuls.

Il ne répondit pas, se contentant d'avancer à grands pas furieux. Il ne s'arrêta que lorsqu'ils atteignirent une charmante construction de bois près d'une rivière, un ancien hangar à bateau transformé en habitation. Alors seulement il se tourna vers elle.

Nadia faillit faire un pas en arrière lorsqu'elle avisa son expression cireuse, la ligne blême de ses lèvres. Il était hors de lui. Plus encore, si c'était possible, que le jour où il avait déboulé chez Hammond et menacé de lui faire un procès. Ses propres muscles se crispèrent, comme pour se préparer au combat. Sauf qu'elle ignorait pourquoi elle se battait.

— Qu'est-ce que j'ai dit ? Tout le monde le connaît, ajouta-t-elle, désemparée. Je l'ai entendu de nombreuses fois à la radio. Et il a écrit un livre.

— Oui, j'aurais dû me douter que vous vous entendriez à merveille, tous les deux. Vous avez beaucoup de choses en commun. Le besoin de reconnaissance, par exemple. Ou d'être adulé.

Ethan avait presque craché ces mots. Bon, songea Nadia, il lui manquait à coup sûr un élément du puzzle. Mais elle n'allait pas se laisser marcher sur les pieds juste parce qu'il était de mauvaise humeur.

— Il y a une petite faille dans ton analyse, Ethan. Ton père est célèbre parce que tout le monde connaît son nom. Alors que mon site, comme tu l'as maintes fois souligné, est anonyme. Non, je ne cherche ni la gloire, ni la célébrité. Juste à aider les autres. D'ailleurs, c'est toi qui as rendu notre défi public.

Il la fixa, silencieux. Il fulminait tellement que Nadia s'étonnait de ne pas voir de la fumée sortir de ses oreilles.

Elle contre-attaqua :

— C'est peut-être toi qui ressembles à ton père. C'est toi qui veux être populaire.

Ethan s'empourpra instantanément.

— Lui et moi n'avons rien en commun. Rien, tu m'entends ?

Intriguée par sa véhémence, Nadia lui décocha un regard provocateur.

— Vraiment ? Je ne le connais pas assez pour en juger. Comment est-il ?

— Je pensais que c'était évident. Bon sang, tu crois que ça me fait plaisir de le voir draguer la fille qui m'accompagne ?

Nadia en resta un instant bouche bée.

— Quoi ? articula-t-elle enfin, avant d'éclater de

rire. Ethan, il ne me draguait pas. Nous parlions des roses.

Mais lui ne semblait pas amusé par cette méprise. Il s'était même rembruni encore plus — si c'était possible.

— Fais-moi confiance, je le connais depuis bien plus longtemps que toi. J'ai déjà vu cette expression sur son visage.

Nadia secoua la tête avec effarement. C'était une idée ridicule.

— Tu as bu trop de champagne en plein soleil. Tu as des hallucinations.

Son amusement disparut quand elle vit qu'il ne se déridait toujours pas. Il s'imaginait vraiment que son père avait essayé de la séduire ? Son propre père ? Et, pire encore, qu'elle se serait prêtée au jeu ?

— Tu sais, je me sens un peu insultée que tu puisses penser un seul instant…

— Ce n'est pas de toi que je doute. Je sais très bien que tu n'as rien fait. Le problème, c'est lui.

Nadia considéra cette situation pour le moins étrange en silence. Maintenant qu'elle y pensait, elle ne se rappelait pas avoir vu Matthew avec la mère d'Ethan à l'église. Elle n'avait pas non plus vu Ethan lui parler. Elle se remémora également les remarques sibyllines de Polly dans le hall d'entrée, sur la présence d'un mystérieux personnage venu « seul ». Il n'était pas sorcier d'en déduire que leurs parents étaient séparés — et que la rupture ne s'était pas faite à l'amiable. Il y avait sans doute une histoire d'adultère là-dessous. A présent qu'elle y pensait,

Matthew s'était montré charmeur, oui, en effet. Elle n'avait pas soupçonné un seul instant, dans sa naïveté, qu'il ait pu vouloir la séduire. Etait-ce le cas ? Ou Ethan faisait-il une crise de paranoïa ?

Elle l'étudia avec perplexité tout en se mordillant l'intérieur de la joue. Il paraissait étrangement vulnérable, un adjectif qu'elle n'aurait jamais cru lui accoler un jour. Sentant son regard peser sur elle, il se détourna. La colère de Nadia s'envola alors pour laisser place à une farouche envie de le rassurer. Elle aurait voulu comprendre quelle vieille blessure venait de se rouvrir en lui.

— Ton père était très aimable, c'est tout. Je t'assure que tu n'as pas de raison de te mettre dans un tel état.

— Oh oui. Il sait se rendre aimable auprès des femmes.

Nadia ne put retenir un sourire.

— Toi aussi, fit-elle valoir d'une voix douce.

Il pivota brusquement mais ne répondit rien. Peu à peu, la lueur rageuse dans son regard s'éteignit pour laisser place à une pulsation sourde — de la douleur. Pendant un long moment, il se contenta de fixer Nadia sans rien dire. Plus les secondes passaient, plus la souffrance dans ses yeux semblait croître.

Puis il ouvrit la bouche et prit une inspiration sifflante. Le cœur battant, elle attendit ce qu'il allait dire.

Elle ne le sut jamais. Des cris perçants, au même instant, les firent bondir et s'écarter l'un de l'autre.

— Ethan, tu peux m'aider, s'il te plaît ?

Jessica s'approchait d'eux d'un pas vif, un nourrisson sur un bras, la petite Isabella dans l'autre.

— Je dois donner son biberon au petit. J'ai besoin de quelqu'un pour garder Bella. Je suis navrée de vous interrompre mais je ne sais pas à qui d'autre m'adresser. Tom s'occupe des invités et Polly veille à ce que maman et papa ne se croisent pas.

— Bien sûr. Je m'en occupe.

Avec une apparente sérénité, Ethan prit Isabella des bras de sa sœur.

— Je suis vraiment désolée, répéta Jess avec un sourire d'excuse pour Nadia. Qu'est-ce que vous devez penser de nous ?

Nadia se posait justement la même question... Elle cherchait toujours la réponse.

— Je crois que Bella est un peu dépassée par les événements, soupira Jess quand sa fille se mit à hurler de nouveau.

— Elle n'est pas la seule, marmonna Ethan lorsqu'ils furent hors de portée de voix, quelques secondes plus tard. Tu sais quoi faire avec une enfant en larmes ? Parce que moi non.

— Moi non plus.

Ils contournèrent le dais où le buffet avait été dressé, longèrent la foule des invités et se dirigèrent vers la maison. Lorsqu'ils l'atteignirent, les cris de la petite fille s'étaient un peu calmés. Elle écoutait d'un air perplexe ce que son oncle lui soufflait à l'oreille.

Nadia ouvrit une porte qu'Ethan lui désigna et

entra à sa suite avant de refermer derrière elle. Ils étaient dans un salon de musique dominé par un magnifique piano à queue.

— Il faut que tu arrêtes de pleurer si tu veux m'aider à jouer, expliqua Ethan à sa nièce. Tu sais que je ne peux pas appuyer sur les touches sans toi.

Il s'installa au piano, Bella sur les genoux. Il plaça ses mains sur le clavier et la petite fille posa aussitôt ses mains sur les siennes. C'était à l'évidence un jeu qu'ils avaient pratiqué de nombreuses fois.

Une chose était sûre : l'enfant souriait enfin. Ethan aussi. Il se mit à jouer, arrachant à l'instrument quatre mesures d'une mélodie un peu discordante, niveau étudiant de première année. Nadia se mordit la lèvre pour ne pas se mettre à rire — c'était un spectacle attendrissant — et se rendit soudain compte qu'elle appréciait de plus en plus la compagnie d'Ethan et ses étonnantes contradictions. Requin ou tonton gâteau, lequel était-il vraiment ?

Bien vite, Bella l'interrompit.

— Non, non. Pas celle-là. L'autre musique.

— L'autre ? Tu es sûre ?

Nadia reconnut, au ton de leur voix, un échange maintes fois répété, comme un rituel dont il ne fallait pas dévier. Bella acquiesça vigoureusement. La mine grave, Ethan se pencha de nouveau sur le piano.

Cette fois, Nadia en resta pétrifiée de stupeur. Malgré les petites mains qui appuyaient sur les siennes, il jouait de manière spectaculaire. Les notes perlaient et explosaient comme des bulles de savon, ses doigts couraient sur les touches à une vitesse hallucinante. Bella irradiait littéralement. C'était un morceau de Rachmaninov, emporté et romantique. Où avait-il appris à jouer si bien ?

— Encore ! Encore ! s'écria la petite fille alors même que la dernière note résonnait dans la pièce.

Avec un soupir à fendre l'âme, Ethan se tourna vers Nadia.

— Viens t'asseoir avec nous. Nous ne pouvons pas jouer sans toi.

Nadia hésita. Un frémissement, sur la lèvre de la petite fille, eut raison de ses derniers doutes. En hâte, elle se leva et les rejoignit. Ethan se décala en riant pour lui faire de la place.

— Tu sais jouer ?

— Pas aussi bien que toi. J'ai dû me limiter à Mozart. J'ai de trop petites mains pour affronter les grands romantiques.

— C'est déjà pas mal d'être « limitée » à Mozart.

Puis il attira la petite fille contre lui et ajouta :

— Vas-y, joue pour nous.

Son humeur s'était améliorée de façon plus spectaculaire encore que celle de l'enfant. Il était de nouveau drôle, pétillant — Nadia était complètement sous le charme.

— J'insiste : je ne suis pas aussi douée que toi. Et je n'ai pas joué depuis longtemps.

— Je rejette la première objection et je prends bonne note de la dernière.

— Tu es obligé de parler comme ça ? repartit-elle, un peu irritée par le sentiment qu'il se moquait d'elle.

— Déformation professionnelle.

— Joue, joue, joue ! lui enjoignit Bella, inconsciente de la tension qui pulsait entre eux.

— Oui, Nadia. Joue.

Elle soupira, puis plaça ses mains sur les touches. Vraiment, elle n'avait pas joué depuis une éternité. Mais on n'oubliait pas aussi aisément des années de pratique. Elle commença à s'amuser après quelques mesures à peine, pouffant lorsqu'elle commettait une erreur, vite emportée par la musique. C'était son morceau préféré, une sonate *adagio* dont l'humeur méditative était à l'opposé du déferlement rageur d'Ethan.

— Continue, lui souffla-t-il à l'oreille.

Nadia jeta un coup d'œil de côté. Bella dormait à poings fermés dans les bras de son oncle. C'était un spectacle merveilleux et touchant. Que n'aurait-elle pas donné pour pouvoir s'endormir ainsi, en une fraction de seconde, avec la confiance absolue de l'enfance !

Avec d'infinies précautions, Ethan se leva. Elle continua de jouer, conformément à ses instructions, tout en le suivant du regard. Il déposa la petite fille sur un canapé près d'une imposante cheminée, jeta un coup d'œil vers elle et forma de nouveau le mot « continue » du bout des lèvres.

Elle acquiesça, plus émue qu'elle ne l'aurait cru possible par le spectacle qu'il offrait. Elle ne l'aurait pas imaginé capable d'une telle tendresse.

Elle recommença la sonate pour la troisième fois, *pianissimo*, et s'abandonna à la musique en attendant qu'il lui dise qu'elle pouvait arrêter.

Les mots ne vinrent pas. Elle sentit, en revanche, de larges mains couvrir ses épaules avant de glisser le long de ses bras. Nadia se mit à trembler et cessa de jouer sur un couac.

— Tu es très douée, murmura-t-il, son souffle dans son cou.

Elle n'avait qu'à tourner la tête pour l'embrasser. Mais, si elle le faisait, elle ne répondrait plus de rien. Par un effort de volonté, elle parvint à se retenir.

Un ange passa, puis Ethan soupira.

— Nous ferions bien d'aller retrouver les autres, déclara-t-il comme si c'était la dernière chose qu'il souhaitait.

Elle acquiesça, déçue et soulagée à la fois. Ils sortirent sur la pointe des pieds et refermèrent doucement la porte. Nadia s'immobilisa sur le seuil, répugnant presque à regagner les jardins. Ethan pivota pour la dévisager.

— Nadia...

Elle voyait bien qu'il avait envie de l'embrasser. Pour être honnête, elle en mourait d'envie, elle aussi. Ce n'était plus un jeu, juste l'attirance normale entre un homme et une femme. Le plaisir, s'ils se touchaient, serait explosif. Mais quelque chose le retenait — Nadia ignorait quoi.

Le sentiment étrange d'être observée la fit se retourner. Jess venait d'apparaître au bout du couloir, la mine inquiète.

— Bella ? s'enquit-elle.

D'un signe de tête, Ethan indiqua le salon de musique à présent silencieux. Le soulagement qui se peignit sur le visage de sa sœur révéla par contraste la tension qu'elle avait ressentie. Ethan lui donna une bourrade fraternelle et l'attira dans ses bras.

— Calmer les filles colériques, c'est ma spécialité.

Nadia n'aurait su dire s'il s'agissait d'un message codé. Lui était-il destiné ? Si c'était le cas, elle n'avait pas besoin d'être « calmée ». Au contraire, elle voulait être aiguillonnée, émoustillée...

Jess discuta quelques minutes avec son frère. Lorsqu'elle s'éloigna enfin, l'expression mutine d'Ethan disparut pour laisser place à une intense lassitude. Pas étonnant. Nadia avait vu à quel point il s'efforçait de cacher son propre stress à sa famille, projetant une image de calme en toutes circonstances. Il s'était occupé de Jess et de Bella sans hésiter, oubliant ses propres problèmes.

Mais c'était lui, à présent, qui avait l'air d'avoir besoin d'aide. Pourquoi ne lui parlait-il pas ? se demanda Nadia. Parce qu'il redoutait de se confier à son adversaire en plein milieu du champ de bataille ? Elle savait que son problème était, d'une façon ou d'une autre, lié à son père. Elle aurait tout donné pour en connaître la nature exacte.

— Je ne t'aurais jamais cru capable de jouer du piano comme ça, dit-elle pour détendre l'atmosphère. Je t'imaginais plutôt jouer au rugby sur ton temps libre.

Son badinage arracha enfin un sourire à Ethan.

— Les filles ont pris des cours quand elles étaient petites, j'ai juste suivi. Elles ont arrêté très vite.

— Mais pas toi ?

— J'aimais ça, répondit-il avec un haussement d'épaules. Allez, viens. Tu as assez souffert.

Les premiers invités prenaient congé quand ils regagnèrent les jardins. Nadia fut ravie de cette occasion d'effectuer un départ discret.

— Tu t'es surpassée, commenta Ethan en étreignant Jessica. Merci de nous avoir accueillis.

A son tour, Nadia remercia leur hôtesse.

— C'était une cérémonie merveilleuse. Et quel cadre pour une réception !

Elle était sincère. Le décor, le buffet, l'élégance du lieu, tout avait été parfait. Elle devait reconnaître qu'elle avait passé un excellent après-midi, chose à laquelle elle ne s'était pas attendue.

— Nous serons ravies de vous revoir ! lança Polly lorsque Ethan et elle s'éloignèrent.

Nadia continua d'avancer vers la voiture, ignorant la tristesse inexpliquée qui lui alourdissait le cœur, et fit mine de ne pas avoir entendu. Comme elle ne se sentait pas de taille à affronter de nouveau quarante minutes de silence absolu, elle décida de faire la conversation.

— Parle-moi de ton travail. Polly a dit que tu étais la star de ton cabinet. Je sais que tu es avocat, mais dans quel domaine ?

Ethan resserra son étreinte sur le volant. C'est vrai, il ne lui avait jamais parlé de son boulot... Il rechignait à le faire maintenant. Il n'était pas le genre d'avocat qui défendait la veuve et l'orphelin. Avec ses grands principes et son désir profondément ancré de sauver le monde, Nadia serait déçue. Mais il y était habitué, elle ne serait pas la première. Son père lui avait assez reproché d'avoir cédé aux sirènes des affaires et renoncé à une brillante carrière au pénal, même si Ethan gagnait dix fois mieux sa vie qu'avant. Pour son père, tout était question de prestige. Mais, pour Nadia, ce serait un problème de morale.

— Je ne suis pas avocat. Enfin, si, mais pas au sens où tu l'entends. Je ne travaille pas dans les tribunaux.

— Ah ? Qu'est-ce que tu fais alors ?

— Avocat d'affaires.

Ethan savait qu'il n'avait pas à rougir de son métier. Il était très demandé et, sans fausse modestie, il était doué. D'aucuns disaient même qu'il était le meilleur.

— Je suis spécialisé dans l'aviation.

— L'aviation ? répéta Nadia avec un froncement de sourcils.

Evidemment, pas de quoi soulever les foules…

— Je m'occupe des contrats entre les fabricants et les compagnies aériennes, je monte des financements, je fais du leasing, et tout le tralala.

— Il faut être avocat pour ça ?

— Vu les sommes en jeu, les contrats doivent être en béton armé et tout prévoir pour parer au pire. Oui, il faut être avocat.

— Je vois.

— C'est très intéressant, je t'assure.

Bon sang, pourquoi se justifiait-il ? Il n'avait pas besoin de l'approbation de Nadia. Il adorait son travail. C'était pour ça qu'il lui consacrait la majeure partie de son temps.

— J'en suis sûre.

— C'est plus excitant que les ressources humaines, en tout cas.

Oh non... Pourquoi avait-il dit ça, juste quand leurs rapports commençaient à s'améliorer ?

Contre toute attente, Nadia éclata de rire.

— J'espère bien ! Tout est plus excitant que les ressources humaines. Est-ce que ça veut dire que tu voyages souvent en jet privé ?

— C'est la question que tout le monde me pose, fit Ethan en levant les yeux au ciel. Tu peux mieux faire. Mais la réponse est oui, parfois. Pas souvent.

— Tu dois aimer les avions ?

— Depuis toujours. J'aime voler.

— Parce que tu es aussi pilote ?

— A mes heures.

Il adorait aussi sauter en parachute. Rien de tel pour stimuler le cœur...

— J'ai bien conscience de faire un métier un peu particulier, reprit-il. Ce n'est pas ce à quoi les gens s'attendent quand je leur dis que je suis avocat.

— Et alors ? Tu as la chance de faire un boulot que tu aimes. C'est formidable. Tes parents doivent être très fiers.

Ethan lui coula un regard noir mais elle fixait la route avec un grand sourire, d'un air de parfaite innocence. Raté, il ne tomberait pas dans le panneau. Il savait qu'elle prêchait le faux pour savoir le vrai. Bien sûr que non, son père n'était pas fier de lui.

— Tu veux dire que tu n'aimes pas les ressources humaines ? demanda-t-il pour détourner la conversation. Pourtant, ça te donne l'occasion de martyriser de pauvres gens.

Nadia le fusilla du regard.

— Arrête, je me tords de rire.

Ethan lui adressa un sourire insolent qui finit par adoucir l'expression froissée de Nadia.

— Pourquoi t'être lancée dans ce domaine si ça ne te plaît pas ?

— Parce que je voulais travailler dans une grosse boîte. Et que toutes les grosses boîtes ont besoin de gens aux ressources humaines.

— Pourquoi vouloir à tout prix travailler pour une grande société ?

— Les raisons habituelles : l'argent, la sécurité de l'emploi.

Puis elle secoua la tête.

— Assez parlé de moi. J'étais ravie de rencontrer ta famille. Ils sont sympas.

Sympas ? Après « chic type », elle n'aurait pu faire pire ! Et puis il était impossible qu'elle ait passé un bon moment dans ce repaire de fous — des fous qu'il adorait, mais des fous tout de même. Non, elle essayait une nouvelle fois de le faire parler. Il regrettait déjà de lui avoir entrouvert les portes de sa vie privée. Qu'allait-elle raconter aux hystériques qui l'adulaient sur internet ? Il allait sûrement en prendre pour son grade. Mais avait-elle vu le genre de famille avec laquelle il devait composer ? S'en souciait-elle seulement ?

Et Bella ? Ces moments au piano, qui l'avaient enchanté sur le coup, le faisaient maintenant grincer des dents. A tous les coups, Nadia le soupçonnait d'avoir orchestré cette scène. Elle le croyait capable du pire.

Il réprima une grimace. Il aurait voulu effacer cette journée d'un coup de gomme, faire comme si elle n'avait jamais existé. Prétendre que leur troisième rendez-vous était encore à venir et que celui-ci ne comptait pas. Mais cela signifiait revoir Nadia. Etait-ce bien sage ? Le jeu était devenu dangereux. Et très compliqué.

Il comprit qu'il devait aborder le sujet au moment même où il se gara devant chez elle.

— Ne parle pas de ce qui s'est passé aujourd'hui sur ton blog.

Sa voix était rauque d'émotion, et cette manifestation de vulnérabilité l'irrita. Il reprit d'un ton plus sec :

— Je ne veux pas voir ma vie privée étalée sur le Net. Lire quoi que ce soit sur mon père, par exemple. Et je n'ai pas organisé cette petite scène touchante avec Bella, au cas où tu...

— Tu crois que je ne le sais pas ? s'exclama Nadia d'une voix perçante. Et tu t'imagines que je vais tout raconter ?

Ethan garda le silence. Nadia avait l'impression,

dans l'étroitesse de l'habitacle, que sa propre colère l'étouffait.

— Mais pour qui tu me prends ? enchaîna-t-elle, blessée. Tu ne me connais vraiment pas, hein ? Tu n'as rien écouté de ce que je t'ai dit.

Sans lui laisser le temps de répondre, elle ouvrit la portière et se dirigea en courant vers la porte de son immeuble. Ethan la regarda s'éloigner, le cœur lourd. Il s'en voulait plus encore, en cet instant, qu'il n'en voulait à son père. C'était dire.

Nadia avait raison : d'une certaine façon, il ressemblait à l'homme qu'il méprisait haut et fort. Il était tout aussi égoïste, insensible. Un parfait crétin, et il venait de le prouver.

Avec un juron, il mit pied à terre et courut à sa suite.

— Nadia !

Il la rattrapa au moment où elle ouvrait la porte d'entrée. Elle s'arrêta mais ne se retourna pas. Il hésitait à la toucher, elle si frêle et éthérée, comme s'il redoutait de la briser. Il brûlait d'envie de se perdre en elle, de retrouver l'oubli bienfaisant qu'elle lui procurait.

Il se contenta de courber la tête et de lui embrasser les cheveux. Il en profita pour emplir ses poumons de leur parfum floral en espérant qu'elle ne le remarquerait pas.

— Je suis désolé, murmura-t-il enfin.

— Aucune importance.

— Si.

Elle tremblait, il le sentait. Lorsqu'elle parla, sa voix était presque inaudible.

— Je ne t'en veux pas si tu me crois capable de faire une chose pareille.

Il savait qu'elle n'en ferait rien. Il l'avait toujours su. Avec ses grands yeux verts et son visage en forme de cœur, Nadia n'était pas là pour faire souffrir les gens. En cet instant, c'était elle qui était blessée. Par sa faute.

— J'aimerais que tu me parles, dit-elle tout bas.

Ethan se figea. Son sang s'était glacé dans ses veines.

— Pour dire quoi ? Ce n'est pas parce que tu as rencontré ma famille que tu sais quoi que ce soit de moi.

— Ce n'était pas le but de cette visite ?

Il serra les dents. Son intention initiale avait été d'embarrasser Nadia, un plan qui lui avait explosé en pleine figure. Si quelqu'un avait été embarrassé dans l'affaire, c'était bien lui !

— Ton comportement en présence de ta famille est éloquent, déclara-t-elle.

Ethan secoua farouchement la tête. Non, elle ne savait rien — ne serait-ce que parce qu'il venait tout juste de comprendre certaines choses moins de deux heures auparavant. Il crispa les doigts sur le bouton de la porte pour s'empêcher de prendre Nadia dans ses bras.

— Tu joues les durs mais tu as un grand cœur, renchérit-elle. Tu aimes ta famille, ça se voit.

C'était ironique, vraiment. Au moment où elle

lui découvrait une soi-disant noblesse d'âme, il comprenait qu'il en était complètement dénué.

— Tu ignores tout de moi, Nadia. Crois-moi, c'est mieux comme ça.

Elle avait vu juste, depuis le départ. Derrière la façade aimable qu'il offrait au monde rôdait cette même indifférence qu'il reprochait à son père. Une indifférence aux autres, à la vie de couple, au mariage. Oui, il était passionné par son métier. Mais fonder une famille ? Faire le bonheur d'une femme ? Très peu pour lui, merci. Il n'avait pas besoin d'un tel fardeau. Il avait toujours évité les relations de longue durée, parce qu'il finirait par faire souffrir une femme comme son père avait fait souffrir sa mère.

Nadia était aux antipodes de lui. Idéaliste, romantique, sans doute un peu naïve aussi, elle cherchait son prince charmant. Pour une raison perverse, ces qualités le séduisaient. Elles la rendaient plus charmante encore à ses yeux alors qu'il aurait dû la fuir. Car il représentait un danger pour elle. Il n'était pas son prince charmant. Il n'était le prince charmant de personne, d'ailleurs. Il devait prendre ses distances avant qu'il soit trop tard.

Il prit une profonde inspiration dans l'espoir de se donner du courage — grossière erreur. Le parfum de Nadia l'enveloppa telle une brise d'été. Il n'avait qu'à tendre la main pour la toucher, pour rallumer la passion extraordinaire qu'il avait connue entre ses bras. La tête inclinée sur le côté, elle ne bougeait plus et respirait à peine, comme un faon effrayé attendant le coup de grâce.

Il hésita une dernière fois, puis lui ouvrit la porte et fit un pas en arrière. Sans un mot, Nadia avança à l'intérieur. Ethan fit alors la chose la plus difficile de toute sa vie : il ne la suivit pas.

Pour une fois, il était certain d'avoir pris la bonne décision. Alors pourquoi n'en tirait-il pas la moindre satisfaction ?

Chapitre 10

Nadia fixait l'écran de son ordinateur, en proie à une torpeur dont elle ne parvenait pas à s'extraire. Après un long moment, elle cliqua sur le coin de la fenêtre pour la fermer. Trois jours s'étaient écoulés depuis sa dernière rencontre avec Ethan, trois jours durant lesquels elle n'avait rien publié sur son blog. Pas la moindre ligne. Pour un site tel que le sien, autant dire une éternité. Le nombre de visiteurs ne tarderait pas à décliner. Déjà, certains membres spéculaient sur les raisons de son silence. Mais elle ne voulait pas répondre à leurs questions.

Lorsque son téléphone portable sonna, elle regarda aussitôt l'écran : numéro masqué. Ce n'était donc pas Ethan. Son cœur s'accéléra malgré tout quand elle décrocha.

— Allô ?

— Tu n'as pas mis ton blog à jour.

Ah si, c'était lui !

— Toi non plus, lui répondit-elle du même ton.

Feindre la décontraction lui coûtait un effort surhumain. A juste titre ! Elle n'avait pas eu de nouvelles de lui — ni coup de téléphone, ni courrier électronique, ni texto — depuis trois jours. Soixante-douze interminables heures. La seule chose qui l'empêchait de devenir folle, c'était qu'elle n'avait pas reçu le redoutable bouquet de l'Adieu, les fleurs qu'il envoyait à ses maîtresses après trois rendez-vous, à en croire ses précédentes victimes. D'un autre côté, peut-être n'éprouvait-il pas le besoin, avec elle, d'adoucir la rupture ? Leur « relation », faute d'un meilleur terme pour la décrire, n'était qu'un pari dont l'issue avait été fixée dès le départ.

— Un homme galant laisse toujours passer les femmes en premier, répondit-il.

— Je ne suis pas prête à écrire.

— Et pourquoi ça ?

Nadia se détourna de son écran et ferma les yeux. Elle compta mentalement jusqu'à trois, rassemblant le courage de lui dire ce qu'elle avait répété en silence pendant trois jours et trois nuits.

— Il y a un problème.

— Quel problème ?

Elle appuya une main tremblante sur sa poitrine, comme pour empêcher son cœur d'en bondir.

— Je ne peux pas réfuter les accusations à ton encontre. Du moins pas toutes. L'une d'entre elles est vraie.

— Laquelle ?

— « Trois rencards et bye-bye ». C'est le cas. C'est ce qui m'arrive.

Elle l'entendit, au bout du fil, prendre une inspiration sifflante.

— Tu en veux un quatrième ? Tu as envie de me revoir ?

Oh ! elle voulait bien davantage que ça. Mais, pour le moment, elle se contenterait des miettes qu'il était prêt à lui jeter.

— Ça dépend de toi, répliqua-t-elle. Si tu veux que je réfute cette accusation précise, c'est dans ton intérêt de me revoir au moins une fois.

— Dois-je en déduire que tu comptes réfuter au moins les autres accusations ?

Il ne semblait pas aussi satisfait par cette perspective qu'elle l'avait supposé. D'ailleurs, si Nadia avait eu le choix, elle n'aurait plus jamais écrit un mot sur cette affaire. Les choses étaient allées trop loin.

— Tu sais ce qui se passera si nous nous revoyons, reprit Ethan d'une voix sourde.

Elle garda le silence, se mordant la lèvre si fort qu'elle fit la grimace.

— Dois-je déduire de ton mutisme que c'est un risque que tu es prête à prendre ?

Le cœur de Nadia battait si vite qu'elle en avait des vertiges. Elle se força à respirer plus lentement.

— Sans risque, la vie serait d'un ennui mortel, fit-elle valoir.

— Il y a une différence entre « risqué » et « suicidaire ». J'ai essayé de me convaincre que je ne devais pas te revoir, justement.

La claque. Nadia redressa le menton. *Surtout, ne pas s'effondrer au téléphone.*

— Rien ne t'y oblige.

Il y eut un silence interminable au bout du fil.

— Je crois bien que si, grommela enfin Ethan. Je ne peux pas m'en empêcher. Allons dîner comme des gens normaux. Malheureusement, je suis en déplacement à l'étranger. Je ne pourrai donc pas avant vendredi. Ça t'irait ?

Vendredi ? Le soulagement de Nadia se transforma en dépit. C'était à peine quelques jours plus tard mais cela lui paraissait des mois.

— D'accord. Où es-tu ?

— En Allemagne.

— Qu'est-ce que tu fais là-bas ?

— J'essaie de ne pas penser à toi.

— Et ça marche ?

— Vu que je t'ai téléphoné, il faut croire que non.

Un grand sourire illumina le visage de Nadia, tandis qu'une vague de bonheur l'envahissait. Elle entendit du bruit en fond et Ethan annonça :

— Je dois te laisser. Tu ferais bien de mettre quelque chose sur ton blog ou tu vas perdre toutes tes lectrices.

— Toi aussi.

— Je n'ai pas le temps. A vendredi, alors.

Nadia raccrocha et se tourna vers son ordinateur, d'humeur soudain légère, pour travailler un peu.

Le lendemain matin, elle ouvrit le blog d'Ethan pour voir s'il avait publié quelque chose. Rien. Mais elle remarqua que certains des commentaires les plus salaces avaient été effacés. Il y avait une note d'Ethan spécifiant qu'il modérerait personnellement le forum à partir de maintenant. Apparemment, il avait fait une crise de galanterie. A moins qu'il ne soit seulement préoccupé de ce que ses collègues risquaient de penser de lui ?

Non, c'était le genre d'homme qui se moquait de ce que les autres pensaient. Ce qui ne rendait que plus étonnant son désir premier d'identifier Nadia et de la forcer à fermer son site. Qu'est-ce qui avait pu le gêner à ce point ?

Sous ses dehors de play-boy arrogant, Ethan était quelqu'un de bien. Il aimait les femmes et les traitait avec respect. Son seul problème, c'était qu'il refusait toute forme d'engagement, une attitude qui avait sans doute fleuri telle une mauvaise herbe sur les ruines de la relation de ses parents. Leur divorce lui avait donné une image terrible du couple, et expliquait sans doute le conflit ouvert entre son père et lui.

Nadia savait donc qu'elle ne serait jamais qu'une maîtresse parmi d'autres. A ceci près qu'elle avait réussi à lui arracher de le voir une quatrième fois. Pour lui, c'était un saut dans l'inconnu. Elle l'avouait volontiers : elle ne pouvait s'empêcher d'espérer que cela signifiait quelque chose.

Les jours passèrent trop lentement à son goût. Elle alla faire du shopping, patina dans Hyde Park pour dépenser — en vain — le trop-plein d'énergie qui l'empêchait de dormir. Le vendredi venu, elle se réveilla à l'aube, presque tremblante d'impatience. Elle passa la journée à attendre, alternant des exercices respiratoires destinés à l'apaiser avec des phases de fébrilité. Elle fit de son mieux pour ne pas regarder l'heure toutes les cinq minutes et parvint même à battre son propre record — un quart d'heure ! N'y tenant plus, elle finit par se débarrasser de sa montre et par la fourrer dans un tiroir. Elle mit sa plus belle robe, se fit une manucure, et se brossa les cheveux jusqu'à les faire briller comme de l'or.

Elle était prête.

L'heure du rendez-vous arriva mais le carillon resta désespérément silencieux. Le soleil se coucha sur une belle journée d'été. Ses derniers rayons caressèrent Nadia, figée dans son fauteuil, avant de disparaître.

Enfin, son téléphone émit un bip. C'était un SMS. Elle en devina la nature avant même de l'avoir regardé. Il n'avait même pas la politesse de lui parler de vive voix. Des larmes roulèrent sur ses joues et elle fut soudain heureuse que Megan ne soit pas là pour assister à son humiliation. Comme elle s'était montrée naïve ! A en croire le texto, Ethan avait dû « travailler plus tard que prévu et raté son vol ». Il prendrait le suivant, ce qui le ferait arriver trop tard pour le dîner...

Naïve peut-être, mais elle n'était pas complètement stupide. Elle savait qu'il avait tout simplement changé d'avis. Il n'avait jamais eu l'intention de la revoir et s'était juste laissé convaincre parce qu'elle avait insisté au téléphone. Il tentait désormais de s'en tirer par une pirouette, de la façon la plus indolore possible — bref, sa technique habituelle.

Ethan avait tout fait pour l'oublier. Ils étaient sortis ensemble à trois reprises, comme convenu. Il était donc libre de penser à autre chose. De regarder d'autres femmes et de les désirer. De travailler quarante-huit heures d'affilée s'il en avait envie.

Il n'avait pas regardé la moindre femme. En revanche, il avait travaillé.

Pour la énième fois, il regarda son téléphone. Toujours pas de réponse. Il rechignait à appeler — il soupçonnait que Nadia ne serait pas d'humeur à l'écouter. Bon sang, la situation était vraiment devenue compliquée. La revoir était la dernière chose à faire mais il ne pouvait pas s'en empêcher. Ni son corps ni son esprit ne lui laissaient le moindre répit. Il pensait à elle. Il avait envie d'elle.

Le mieux, c'était encore de lui présenter ses excuses en personne. Mais, puisqu'il ne pouvait pas le faire dans l'immédiat, il devait actionner la procédure d'urgence. Presque fébrilement, il composa un autre numéro.

— Polly, j'ai besoin que tu me rendes un gros service. Il faut absolument que tu fasses livrer ton plus beau bouquet à Nadia. Maintenant.

— Oh ! Ethan, geignit sa sœur. On l'aimait bien, cette fille...

— Figure-toi que moi aussi. Alors occupe-toi

de ces fichues fleurs, d'accord ? Et marque que je suis désolé sur la carte.

— Désolé pour quoi ?

— Ce ne sont pas tes oignons. Fais juste livrer le bouquet.

— Alors ce n'est pas fini entre vous ?

— Ça le sera si tu ne fais pas ce que je te demande !

— C'est bon, c'est bon ! Tu peux compter sur moi.

Le carillon de l'entrée retentit. En allant répondre, Nadia aperçut son reflet dans le miroir du couloir, et étouffa un gémissement. Son maquillage avait coulé et lui faisait des yeux de panda. Mais elle s'en fichait — à cette heure de la soirée, il ne pouvait s'agir que d'un voisin qui se soucierait peu de son apparence.

Raté. Ce n'était pas un voisin mais un livreur qui se tenait sur le seuil. Il lui tendit le plus gros bouquet qu'elle ait jamais vu.

Nadia le prit sans un mot et claqua la porte. Une carte accompagnait les fleurs. Un seul mot y figurait, imprimé dans une police de caractère manuscrite.

« Désolé. »

Elle abandonna les fleurs sur la table et déchira la carte en deux, puis en trois, avant de lancer les morceaux dans la pièce comme s'il s'agissait de confettis.

D'étranges questions pratiques tourbillonnaient

dans son esprit. Par exemple, comment avait-il pu lui faire livrer un bouquet à une heure pareille ? Les fleuristes étaient tous fermés, ce qui ne pouvait signifier qu'une chose : il avait tout planifié des heures plus tôt — pour ne pas dire des jours. Il l'avait piégée. Il l'avait forcée à lui demander un quatrième rendez-vous pour mieux l'humilier.

Son regard dériva vers les fleurs. Elles étaient magnifiques mais Nadia les détestait. C'était le redoutable bouquet de l'Adieu, tel que les membres de *1FemmeAvertie* l'avaient décrit. Elle écrasa de nouvelles larmes d'un revers de la main et renifla. Comment avait-elle pu croire un seul instant qu'elle serait traitée différemment ? Qu'elle était spéciale ?

Et dire qu'elle avait éprouvé de la compassion pour lui... Qu'elle avait voulu comprendre pourquoi il évitait l'intimité, les émotions trop violentes, le conflit. Il devait bien rire d'elle. Elle l'imaginait déjà dans un bar, racontant à ses amis comment il avait berné l'idiote qui avait osé le défier.

Sa colère se ranimant, elle se mit à arpenter la pièce. Elle devait à tout prix faire quelque chose, s'occuper les mains et l'esprit. Elle aurait pu appeler Megan mais elle n'avait guère envie de partager cette vexation avec son amie. Elle préféra se rendre sur *1FemmeAvertie*, dont elle explora la base de données. Elle y dénicha rapidement les adresses des femmes qui avaient contribué au sujet original « Trois Rencards et Bye-Bye » et leur envoya des messages privés. Elle se voyait mal étaler ce qui venait de se passer sur le Net mais elle pouvait au moins demander conseil aux précédentes victimes d'Ethan. Elle geindrait, elle s'arracherait les cheveux, mais seulement avec des inconnues qui ne la jugeraient pas.

De nouveau, elle fixa sur son bouquet un regard haineux. Qu'en faire ? Le jeter à la poubelle ? Elle fut un instant tentée mais se ravisa et le plaça dans la chambre de Megan. De retour dans le salon, elle vérifia ses e-mails — rien.

Direction la salle de bains. Elle prit une douche brûlante pour se débarrasser de son parfum et de ses yeux de panda, sortit un T-shirt *1FemmeAvertie* tout neuf de son emballage et passa un short de coton. Il avait beau être tard, elle se voyait mal aller se coucher. Elle ne pourrait pas dormir.

Elle jeta un dernier coup d'œil à son ordinateur — sa boîte de réception était toujours aussi vide — avant de renoncer. Si ses sœurs d'infortune répondaient, ce ne serait sûrement pas avant le lendemain. Il ne restait qu'une chose à faire : boire et s'affaler devant la télé.

Un bon film d'horreur, voilà ce qu'il lui fallait. Avec du sang et des monstres bien moches. Tiens, elle n'avait qu'à se refaire toute la série des *Freddy*. Peut-être qu'après ça elle relativiserait plus facilement la perversité d'Ethan. Elle décida d'accompagner le film d'un *chili con carne* avec double dose de piment, histoire de stimuler ses papilles en même temps que son imagination. Une expérience sensorielle extrême pour lui faire oublier une agonie extrême…

Elle avait regardé vingt minutes du troisième volet de la série lorsque l'on sonna de nouveau à la porte — trop tard pour une livraison ou pour une quelconque visite. Le cœur battant, elle mit le film en pause. Elle n'allait tout de même pas se laisser effrayer par une invention de Hollywood. Il était 2 heures du matin, d'accord, mais cela ne voulait pas dire qu'un type avec des lames à la place des doigts se tenait de l'autre côté du battant.

Elle l'entrouvrit d'un centimètre, puis en grand quand elle s'aperçut — non sans soulagement — qu'il ne s'agissait pas de Freddy.

— Qu'est-ce que tu fais là ?

Un cocktail d'émotions explosif l'envahit, mélange de soulagement et d'incrédulité, de plaisir et d'incertitude.

— Je viens d'atterrir à Gatwick.

— Ton avion a vraiment été retardé, alors ?

— Tu ne me croyais pas ?

Ethan lâcha son sac de voyage avant de soupirer.

— J'en étais sûr. C'est pour ça que j'ai demandé à Polly de t'envoyer des fleurs. Malgré ça, tu n'as pas répondu.

— Je me suis dit que, si tu étais dans l'avion, tu ne recevrais pas le message…

— Menteuse. Tu ne m'as pas cru. Ou fait confiance. Ou…

— Ou quoi ? coupa Nadia, soudain sur la défensive. Tu m'as envoyé le bouquet de l'Adieu.

Ethan fronça les sourcils et secoua la tête, visiblement dérouté.

— Le bouquet de... ? Il devait y avoir un mot disant que j'étais désolé.

— Oh ! il était bien là.

— Je vois. Bon, je n'aurais peut-être pas dû venir. Il est tard, nous sommes tous les deux de mauvaise humeur...

Il ramassa son sac. Retrouvant tout à coup ses esprits, Nadia le retint par le bras quand il fit mine de se retourner.

— Non. Tu as l'air épuisé. Viens prendre un café.

Elle eut beau tirer de toutes ses forces, Ethan ne bougea pas d'un pouce.

— Tu n'as pas changé tes plans pour la soirée quand je t'ai dit que j'étais forcé d'annuler ?

— Si, répliqua-t-elle en tirant plus fort encore. Je mange de la glace devant un bon film d'horreur.

Enfin, il se décida à avancer. Une étincelle parut se ranimer dans son regard éteint.

— Il n'y a personne d'autre dans l'appartement, alors ?

Nadia le lâcha, soudain méfiante.

— C'est ça qui te préoccupe ? C'est la raison de ta visite ? Tu viens vérifier si je suis seule ?

— Tu as dit toi-même que notre relation n'était pas exclusive.

Avec un soupir, elle referma la porte.

— Que voulais-tu que je dise d'autre ? J'ai ma fierté, moi aussi.

— Je m'en suis aperçu.

Il se fendit soudain d'un sourire avant de reprendre :

— Quel genre de film tu regardes ?

— Un film d'horreur.

— Brrr, je déteste ça. Ils me font tourner de l'œil.

— Je te tiendrai la main dans les passages qui font peur, si tu veux.

Ethan parvint à sourire de nouveau malgré la fatigue qui lui alourdissait les muscles. Il n'avait pas prévu de venir mais il s'était surpris à donner l'adresse de Nadia quand le chauffeur de taxi lui avait demandé où il allait. Maintenant qu'il était là, l'épuisement le rattrapait — au pire moment. Etrangement, il éprouvait aussi une forme de soulagement face au regard vert de Nadia, lumineux et plein de promesses.

Son canapé était immense. Il s'y enfonça avec un soupir d'aise. Il avait envie d'elle, ça, oui, mais il pouvait à peine bouger ou garder les yeux ouverts.

— Je n'ai pas dormi depuis une éternité, marmonna-t-il.

— Pourquoi ça ?

— Beaucoup de boulot...

Au moins, c'était vrai. Il avait travaillé d'arrache-pied pour finaliser un important contrat. Et il avait passé ses rares heures de repos à s'agiter dans son lit, obsédé par Nadia. Plus il s'efforçait de ne pas penser à elle, moins il y parvenait. C'était pour ça qu'il avait décidé de la revoir, afin de l'évacuer une bonne fois pour toutes de son esprit. Il ne savait pas comment s'y prendre mais il comptait bien essayer.

— Dis plutôt que tu as passé tes nuits dans les strip-clubs de la ville.

Ethan se mit à rire, puis grogna lorsqu'il constata

que cet acte tout simple requérait une énergie qu'il était incapable de fournir.

— Je suis désolé, je suis de bien mauvaise compagnie ce soir. Je n'ai plus de forces. Je devrais rentrer chez moi.

C'était la solution la plus raisonnable. Et, accessoirement, la dernière chose dont il avait envie. Il ne voulait pas décevoir de nouveau Nadia.

— Tais-toi, fit-elle d'un ton sans réplique. Tu m'empêches de regarder mon film.

Comme pour le prouver, elle monta le volume d'un cran.

Ethan sourit malgré ses yeux fermés. Il se sentait bien. Il aimait la manière dont elle prenait soin de lui, à sa façon. Il avait juste besoin de quelques minutes de repos et il lui sauterait dessus pour lui faire l'amour comme elle le méritait. Oh oui, il s'en réjouissait déjà.

— Ethan ?

Nadia étudia son compagnon avec ahurissement. Il s'était allongé, les pieds dépassant de l'accoudoir d'un côté, la tête sur ses genoux de l'autre. Une situation agréable et frustrante à la fois, car il ne répondait plus. Comment pouvait-on s'endormir devant un film d'horreur ? Et en moins de trois minutes ?

Elle leva la main pour suivre, d'une caresse hésitante, le tracé de sa mâchoire. Un début de barbe ombrait ses joues râpeuses. Il était épuisé, c'était évident. Constatant qu'il ne se réveillait pas, Nadia s'installa le plus confortablement possible sur son canapé et se concentra sur les malheureuses victimes qui se faisaient éventrer à l'écran.

Une heure plus tard, le mot « fin » apparut. Pour être honnête, elle n'avait pas vraiment profité du film. Elle l'avait passé à regarder Ethan dormir, fascinée par ses longs cils couleur charbon et par le rythme de sa respiration. Dieu merci, il ne ronflait pas, une découverte qui la ravissait. Pourquoi, elle l'ignorait. Ce n'était pas comme si elle allait passer le restant de ses jours à dormir près de lui !

Malgré tout, elle était heureuse. Et un peu inquiète, parce qu'il risquait d'attraper un torticolis s'il restait dans cette position trop longtemps.

Avec douceur, elle lui caressa la tempe. L'intimité de ce geste l'enivrait. Ethan ne bougea toujours pas. Nadia hésita. Devait-elle insister ? Une chose était sûre : elle n'avait pas du tout sommeil.

— Ethan, réveille-toi, chuchota-t-elle. Tu vas finir par te tordre le cou.

Mais il continua de dormir à poings fermés. Elle n'eut pas le cœur d'insister, d'autant qu'une petite voix lui soufflait qu'il n'avait peut-être pas aussi envie qu'elle de faire l'amour. Elle lança une radio classique via le menu de sa télévision et attendit patiemment, tout en continuant de lui caresser les cheveux. Par jeu, elle essaya de caler sa respiration sur la sienne. Avec un peu de chance, cet exercice lui permettrait de se détendre...

— Nadia ?

Elle soupira, perdue dans un rêve merveilleux

où Ethan lui rendait visite à l'improviste au beau milieu de la nuit.

— Hmm ?

— Nadia !

Elle tressaillit, ouvrit les yeux et se rendit compte qu'elle ne rêvait pas. Ethan était bel et bien là, allongé sur elle. Il la regardait en souriant. La lumière qui provenait de l'écran de la télévision faisait briller ses yeux.

— Qu'est-ce qu'on fait là ? demanda-t-il.

— Tu es trop lourd, je ne pouvais pas te porter jusqu'au lit.

— Tu m'invites dans ton lit ? murmura-t-il, roulant sur le côté, si bien que son visage se retrouva tout contre le ventre de Nadia.

Les muscles de celle-ci se liquéfièrent aussitôt.

— Euh, je... je...

— Tu m'as manqué, lui confia-t-il d'une voix étouffée.

Il se blottit plus étroitement contre elle, remontant une main sur sa cuisse pour la glisser sous son short.

Nadia retint son souffle. Son corps entier semblait avoir pris vie sous les caresses d'Ethan. Elle se laissa aller avec un soupir, ouvrant par réflexe les genoux pour lui permettre d'approfondir son exploration.

Il la toucha avec douceur, au creux de son être, et lui arracha un gémissement de plaisir. Soudain, il se redressa et fixa un point derrière elle dans la pièce.

— Qu'est-ce qu'il y a ? demanda-t-elle en se tordant le cou pour regarder elle aussi.

— Rien. Je cherche juste ton tapis de course. La dernière fois, tu m'as bien dit que quand tu étais dans un tel état c'était parce que tu venais de faire du sport, non ? Tu es brûlante...

Nadia lâcha un rire nerveux en se rappelant leur sortie à Hyde Park et l'épisode dans les buissons.

— C'est toi qui m'as donné chaud en dormant sur mes genoux.

— Je vois. C'est donc moi qui suis responsable, cette fois ? Je suppose que c'est un progrès. Tu aimes ça ? renchérit Ethan, accentuant sa pression.

— Ou... oui...

— Pas de culotte, pas de soutien-gorge... Suis-je réveillé ou suis-je toujours en train de dormir ?

La tête renversée contre les coussins, Nadia respirait lourdement. Le plafond, au-dessus d'elle, s'estompait à mesure que le plaisir montait en elle. Elle avait soif d'Ethan. Son corps tout entier l'attendait, moite et brûlant. Les mouvements rythmiques de ses doigts eurent soudain raison d'elle. Elle serra les cuisses et lui emprisonna la main, le corps secoué de convulsions d'extase. La jouissance fut brutale, intense — et trop courte.

— Je vois que je te fais de l'effet, souffla Ethan. C'est très excitant. Et très facile.

Nadia, qui tentait de reprendre ses esprits, sentit un vif embarras la gagner. Evidemment, que c'était facile ! Il l'attirait tellement qu'elle explosait dès qu'il la touchait.

Il se leva et entreprit de se déshabiller. Ses mains tremblaient d'impatience, elle le constata quand il sortit un préservatif de sa poche. Rassérénée par ce détail — il était tout aussi esclave qu'elle de son désir —, elle se mit à genoux sur le canapé pour le regarder faire, le cœur battant. Quel spectacle ! Ses muscles — et il en avait — roulaient sous sa peau au moindre de ses mouvements. Il était magnifique.

Il fronça soudain les sourcils, fixant son T-shirt *1FemmeAvertie* comme s'il le remarquait pour la première fois.

— Qu'est-ce que tu portes ? C'est vraiment insultant. Retire-le.

Nadia ne se fit pas prier. Ethan, pendant ce temps, déboutonna son jean et l'envoya valser d'un coup de pied.

— Mets-toi debout sur le canapé, ordonna-t-il.

Elle tressaillit, surprise par sa requête.

— C'est parce que je suis petite, c'est ça ?

Il étouffa un juron et, en une fraction de seconde, fut tout contre elle.

— Non, souffla-t-il en l'attirant dans ses bras. C'est parce que je veux pouvoir t'embrasser ici…

Sa langue effleura la pointe de l'un de ses seins.

— Et là…

Il infligea la même délicieuse torture au second avant de faire glisser ses lèvres jusqu'à son ventre.

— Oh ! d… d'accord alors…

Il laissa échapper un rire grave qui donna à Nadia l'impression de fondre. Deux mains puissantes enveloppèrent ses cuisses et la soulevèrent.

Elle s'agrippa à son cou avec un hoquet de stupeur qui se transforma en long gémissement de plaisir comme il s'enfonçait en elle.

C'était trop bon... Un bref instant, elle décolla son bassin du sien pour s'y replaquer presque aussitôt et l'accueillir plus profondément encore, position on ne peut plus érotique, étrange mélange d'inconfort et de plaisir. Chaque assaut stimulait la perle engorgée qui commandait à son désir et Nadia sentit bien vite monter en elle la lame de fond qui annonçait l'orgasme. Ses seins, écrasés contre le torse dur de son compagnon, ajoutaient encore au tourbillon de sensations qui faisaient rage en elle.

Mais l'étincelle qui mit le feu aux poudres, ce fut la façon dont ils se tenaient — nez à nez, les yeux dans les yeux, leurs souffles se mêlant à chaque nouvel estoc. Nadia avait l'impression de lire en lui comme dans un livre ouvert. Il n'était plus question de dissimulation, de calculs, de stratégies. Ethan la désirait avec une violence qu'il ne cherchait même pas à cacher. Elle était d'une telle intensité que Nadia finit par fermer les yeux. Ce brasier qui brûlait dans ses pupilles, c'était pour elle ? Elle avait presque du mal à le croire.

— Regarde-moi, gronda-t-il aussitôt. Je veux te voir.

Elle obéit. Son excitation était telle qu'elle ne put contenir plus longtemps le plaisir qui enflait en elle. Elle se crispa, agitée de spasmes qui semblaient ne plus vouloir s'arrêter. Avait-elle crié ? Elle n'aurait su le dire. Ethan la regardait avec la satisfaction du prédateur voyant sa proie capituler. Les dents serrées, il essayait de contrôler et de repousser l'instant où lui aussi s'oublierait.

Les mouvements de son bassin s'accentuèrent, empêchant Nadia de reprendre son souffle. Elle glissa les doigts dans ses cheveux trempés. Elle riait et gémissait en même temps, presque étourdie par la passion. La tension d'Ethan se lisait dans sa mâchoire crispée, dans ses veines qui saillaient dans son cou. Soudain, ses pupilles se dilatèrent. Au plus profond d'elle-même, elle le sentit qui s'abandonnait en longues saccades.

— Oh oui, soupira-t-elle. Oui !

Il gronda et se plaqua une dernière fois contre elle. Ils restèrent ensuite enlacés, hors d'haleine et immobiles. Nadia avait la tête qui tournait et la drôle d'impression d'avoir les jambes en guimauve. Le cœur aussi.

— Tu ne me reposes pas ? demanda-t-elle après une longue minute.

— Non.

Avec une force surprenante, Ethan glissa une main sous ses cuisses et la souleva dans ses bras. Puis il se baissa et se servit de son index et de son majeur pour extraire un nouveau préservatif de la poche de son jean.

— Où est ta chambre ?

— La porte de droite.

Quelques secondes plus tard, il la déposa sur son lit. Il s'allongea sur elle, appuyé sur ses coudes pour ne pas l'écraser. Nadia avait l'impression d'être emportée par une rivière en furie. Il était prêt à recommencer ? Déjà ? Elle aurait voulu s'accorder quelques instants de réflexion, s'interroger sur le sens de ce qui passait, sur la suite à donner aux événements... C'était impossible.

Ethan se pencha pour l'embrasser dans le cou. Le cerveau de Nadia s'éteignit comme une vieille télévision, irradiant un dernier point lumineux bientôt englouti par les ténèbres du plaisir. Elle colla son bassin contre le sien, avec une lubricité dont elle ne se serait pas crue capable. Ses mains glissèrent sur le dos d'Ethan et vinrent envelopper ses fesses. Il la regarda se trémousser, une lueur d'intense satisfaction dans les yeux.

Ses lèvres douces et cruelles à la fois s'entrouvrirent enfin. La voix qui en sortit était rauque, lourde de promesses.

— Ce soir, pas question que tu t'enfuies en courant... Tu m'appartiens.

Chapitre 11

Un soleil matinal pénétrait à flots par la fenêtre. Nadia soupira, cédant à contrecœur aux sirènes du réveil. Elle savait qu'il lui fallait désormais affronter la réalité. Roulant sur le côté, elle découvrit Ethan appuyé contre un coussin, plongé dans un livre qui semblait le captiver.

Une parfaite image du bonheur domestique. Puisqu'il jouait la carte de la normalité, elle décida de faire de même.

— Qu'est-ce que tu lis ? s'enquit-elle d'un ton qui se voulait badin.

Sa voix dérailla et anéantit aussitôt l'effet « badin ». Avec un sourire, Ethan lui montra la couverture.

— Je l'ai trouvé sur tes étagères. C'est très prenant.

Rougissant quelque peu, Nadia tendit la main vers son téléphone, posé sur la table de chevet. Elle devait à tout prix vérifier l'heure d'arrivée de Megan et Sam. Matin, après-midi ? Elle n'était plus sûre de rien. Elle frémissait à l'idée de les voir débarquer alors qu'elle était toujours au lit avec Ethan. Megan ne manquerait pas d'en faire tout un fromage — chose qu'elle avait déjà du mal à ne pas faire elle-même.

— Qu'est-ce que tu fabriques ?

La voix d'Ethan était un peu enrouée elle aussi, signe qu'il n'était pas aussi captivé par son livre qu'il voulait bien le faire croire.

— Je mets mon profil à jour, prétendit-elle.

— Mon œil. Pour dire quoi ?

Nadia abandonna enfin son téléphone, rassurée. Megan n'arriverait pas avant la fin de la journée.

— Rien de spécial.

D'un geste théâtral, il l'imita et lança son livre sur la table de chevet avant de lui faire de nouveau face. Les draps glissèrent jusqu'à sa taille, révélant son torse large et bronzé.

— Alors, qu'est-ce qu'on fait maintenant ?

Nadia n'en avait pas la moindre idée. Elle décida donc de bluffer.

— On prend une douche ?

Quarante minutes plus tard, il y avait tellement de vapeur dans la salle de bains que la ventilation rendit l'âme. Elle disjonctait régulièrement quand elle était trop sollicitée.

— Saleté de machine, marmonna Nadia.

Elle agrippa le tabouret qui lui permettait d'atteindre les fusibles. En riant, Ethan la bouscula, tendit le bras et remit le contact à sa place.

Poings sur les hanches, elle le fusilla du regard.

— Ne me traite pas comme si j'étais une incapable. J'aurais pu le faire toute seule.

Ethan ne se départit pas de sa bonne humeur. Il paraissait même s'amuser.

— Ce n'était pas mon intention. Inutile de projeter tes complexes sur moi.

Il l'avait prise par les épaules, comme pour asseoir encore sa domination, même s'il le niait. Elle se tortilla pour se libérer, en vain.

— Je n'ai pas de complexes. Mais les gens s'imaginent que sous prétexte que je suis petite je ne peux rien faire toute seule.

— Princesse, j'ai bien conscience de tout ce que tu peux faire sans aide.

— Tant mieux. Je ne suis pas une gamine.

— Bien sûr que non. Mais ça ne veut pas dire que tu n'as pas, comme tout le monde, des limites. Et ce n'est pas une mauvaise chose.

— Si. Je refuse d'être « limitée ». Mes parents ne voulaient pas que je vienne vivre à Londres, ils pensaient que je ne pourrais jamais survivre dans une grande ville. Eh bien, je l'ai fait ! Ils ne m'auraient pas non plus crue capable de décrocher un travail dans une société comme Hammond. Je ne suis peut-être pas très grande mais je suis intelligente.

— Et tu le prouves par l'intermédiaire de ton blog, je suppose ?

Il secoua la tête. Il la désapprouvait et ne le cachait pas.

— Pourquoi est-ce si important ? reprit-il.

— On voit que tu n'as pas eu à te battre contre

des préjugés depuis ta plus tendre enfance, sous prétexte que tu étais plus petit que les autres.

— Peut-être. Mais tu n'es pas obligée d'être seule pour prouver ce dont tu es capable. Certaines choses ne peuvent être faites qu'à deux.

Et il l'attira contre lui, illustrant ses propos par l'exemple.

— Tu triches, marmonna Nadia. Ce n'est pas juste.

— La vie n'est pas juste. Oui, je suis plus fort que toi. Et alors ? Ça a certains avantages. Des avantages dont tu profites.

Elle savait qu'il la taquinait, qu'il essayait de désamorcer sa colère par l'humour. Il y parvint d'autant plus facilement qu'il avait raison. A quoi bon lutter contre l'évidence ? C'était à croire qu'elle était programmée pour désirer l'homme le plus viril, le plus imposant qui soit. Ethan correspondait parfaitement à ce cahier des charges.

— Je sais que ça te rend folle quand tu sens tout mon poids sur toi... Quand je te soulève sans effort... Mais même un type comme moi a ses faiblesses. Tout le monde en a.

Nadia n'en doutait pas un seul instant. Elle regrettait juste de ne pas savoir quelles étaient les faiblesses en question.

— Dis-m'en plus...

— Pour te donner du pouvoir sur moi ? fit-il dans un éclat de rire. Certainement pas.

— Tu ne crois pas que j'ai déjà du pouvoir sur toi ? repartit-elle du tac au tac.

Leurs regards se croisèrent, se défièrent un instant en silence.

— Prouve-le, lui enjoignit-il avec un sourire félin.

Il ramenait tout au sexe. C'était sa défense, invariablement. Dès que la conversation se rapprochait d'un sujet sensible, dès qu'elle devenait trop personnelle, trop intime pour lui, il bottait en touche.

Mais en cet instant précis elle était ravie de le laisser faire.

Une heure plus tard, Ethan ressortit de la salle de bains après une nouvelle douche, une serviette autour de la taille. Il trouva Nadia installée devant son ordinateur, ses doigts dansant sur le clavier. Il tira une chaise pour s'asseoir près d'elle et étudia sans la moindre gêne ce qu'elle faisait.

— Sacrée machine, commenta-t-il en considérant l'énorme écran.

Nadia fit une grimace comique.

— Oui. Elle m'a coûté les yeux de la tête.

Elle était occupée à trier les e-mails qu'elle avait reçus la veille, à répondre à ses messages privés et à lire les dernières contributions à son forum. Elle était incroyablement organisée, nota Ethan. De nombreux dossiers occupaient son bureau. Les noms de certains l'amusèrent, en particulier les deux intitulés « Commentaires-Excellents » et « Commentaires-Insultants ».

— Lequel est le plus rempli ? demanda-t-il en les désignant du doigt.

Nadia partit d'un éclat de rire cristallin.

— A ton avis ?

Puis elle se leva pour aller répondre à son téléphone, qui s'était mis à sonner sur une table non loin.

— Oh ! bonjour, Megan...

Ethan fit la sourde oreille à sa conversation et se tourna de nouveau vers l'écran. Incapable de résister à la curiosité, il lut l'e-mail qu'elle était en train de parcourir.

> Est-ce que vous pourriez créer un top 10 des pires salauds sur 1FA ? Ou encore mieux, est-ce que nous pourrions voter ? J'ai le candidat parfait, il mérite la première place...

Formidable, encore une enragée qui avait la bave aux lèvres... Ethan réprima l'envie d'appuyer sur « Effacer » et, grand seigneur, tira l'e-mail dans le dossier « Suggestions », comme il avait vu Nadia le faire avec un courrier similaire.

Puis il entreprit de lire l'e-mail suivant.

> Bonjour, je tenais à vous dire à quel point j'apprécie 1FemmeAvertie. Pas parce que je pense que tous les mecs sont des mufles, comme celui avec lequel je viens de sortir, mais parce que c'est un lieu pour partager des expériences parfois difficiles. Dans mon cas, un viol. Je n'ai pas su pendant longtemps si j'avais le droit de l'appeler comme ça. J'ai longtemps cru que c'était ma faute. Grâce à votre site, j'ai compris que non. Que je n'avais rien fait de mal. Je n'en ai jamais parlé à personne dans la vraie vie,

alors merci de m’avoir donné une voix et un endroit pour le faire.

Nadia se pencha soudain par-dessus son épaule pour tirer l’e-mail dans un dossier à part.

— Certains des messages ne sont pas publiés sur le forum, expliqua-t-elle d’une voix douce.

— Bien sûr.

Ethan se détourna de l’écran, l’estomac noué. Il se rendit compte seulement alors qu’il retenait son souffle et expulsa l’air bloqué dans ses poumons d’un seul coup.

— C’est affreux, murmura-t-il.

Nadia s’assit près de lui, la mine grave.

— Oui.

— Qu’est-ce que tu réponds à quelqu’un qui a vécu un tel traumatisme ?

— Je ne prétends pas offrir de solution. Je veux dire, que veux-tu que je réponde ? Ce ne sont pas quelques mots compatissants qui vont arranger les choses. Tout ce que je peux faire, c’est exactement ce qu’elle décrit : lui offrir un espace où s’exprimer. Je fournis parfois des liens vers des sites spécialisés. Ou alors, des femmes qui ont vécu des traumatismes similaires viennent donner des conseils. Mais je ne suis pas psychiatre. Je me contente de… faciliter les choses. Je mets les gens en contact. Une chose est sûre, il y a plus grave dans la vie que d’avoir eu un collectionneur de vierges comme premier petit ami.

Elle avait raison, bien sûr. Mais ce qui était arrivé

à Nadia n'en était pas moins regrettable. Si Ethan tombait un jour sur Rafe Buxton, il se ferait un plaisir de lui coller une bonne correction. Encore que, s'il assommait Buxton, il soupçonnait que Nadia le lui reprocherait tant elle était déterminée à se débrouiller sans l'aide de personne. Comme s'il y avait quoi que ce soit de mal à accepter un coup de main ! C'était d'autant plus ridicule qu'il ne parvenait pas à contrôler cet instinct protecteur qui s'emparait de lui quand il était avec elle.

Il retint un soupir de frustration. Les choses se compliquaient encore. Aux cernes qui soulignaient les beaux yeux verts de Nadia, il voyait bien qu'elle avait besoin de repos. Lui aussi, d'ailleurs. Quand il parlait de repos, il voulait dire psychologique et émotionnel, pas simplement physique. Tout était allé si vite qu'il ne savait plus que penser.

Il prit une inspiration.

— Je ferais bien d'y aller.

Au moment où il prononçait ces mots, il espéra qu'elle essaierait de le retenir. Mais Nadia hocha la tête et continua d'étudier son écran avec attention.

— D'accord. Ma colocataire rentre ce soir, j'ai prévu de dîner avec elle.

Ethan fit de son mieux pour réprimer sa déception, en vain. Il se força à sourire.

— Bien sûr.

Puis il étudia le message qu'elle parcourait avec une telle concentration.

Croyez-vous que certains défauts soient héréditaires ?

Parce que j'en ai peur. Ma mère est restée avec mon père pendant des années alors qu'il la trompait à tour de bras. Je me suis juré que je ne serais jamais comme elle — assez stupide pour tolérer ce genre d'attitude. Mais voilà, je me retrouve dans la même situation. Mon petit ami m'a trompée et je ne veux pas qu'il me quitte...

Ethan se leva brusquement, alla récupérer ses vêtements et se rhabilla dans la chambre. Il ne voulait pas savoir ce que Nadia allait répondre. Un monstre de père engendrait-il nécessairement un monstre de fils ? Bonne question.

— Ethan ?

Il se retourna. Nadia se tenait sur le seuil, la mine soucieuse. Il fit aussitôt semblant de se concentrer sur ses chaussures, qu'il laçait.

— Mon père trompait ma mère, lui aussi, déclara-t-il sans réfléchir. Il a fini par partir avec l'une de ses « assistantes », qu'il a trompée à son tour. Chaque fois qu'il a une nouvelle compagne, c'est la même histoire. Mais Jess a fini par se marier avec Tom, un type qui ne ferait jamais une chose pareille. Tu devrais écrire à cette fille pour le lui dire. Ce n'est pas un mal héréditaire.

En tout cas, il l'espérait... Très tôt, il avait résolu de ne pas devenir comme son père. Aujourd'hui, il avait réussi. Mais valait-il mieux que lui pour autant ? Cette interrogation le hantait.

— D'accord, répondit Nadia, visiblement surprise par sa tirade.

Elle fit un pas dans la chambre avant de demander :

— Quand tes parents ont-ils divorcé ?

Ethan se redressa et la dépassa pour regagner le salon, où il récupéra son sac de voyage.

— J'avais quatorze ans. Ça a été un véritable soulagement.

— Pourquoi ?

— Nadia, je n'ai pas envie d'en parler.

Que voulait-elle qu'il lui raconte, au juste ? Qu'il avait entendu sa mère pleurer, la nuit, pendant dix ans après les faits ? Comment Jess, Polly et lui avaient désespérément tenté de mériter l'affection de leur père, sans jamais pouvoir rivaliser avec les bimbos de la station de radio où il travaillait ? Que, s'il avait bossé si dur, c'était dans l'espoir de revoir sa mère sourire un jour ?

— Je sais bien que tu n'as pas envie d'en parler. Et c'est peut-être pour ça que tu devrais le faire.

Sa détermination faillit arracher un sourire à Ethan. Mais il resta silencieux. Non, il ne lui raconterait pas son histoire à faire pleurer dans les chaumières — un vrai tue-l'amour. Il était bien plus doué pour la faire rire.

En silence, elle l'accompagna jusqu'à la porte. Ils échangèrent un long regard sur le seuil, répugnant à se séparer. En tout cas, Ethan y répugnait, lui.

— Au revoir, fit enfin Nadia. C'était...

— Surtout, ne dis pas « sympa », bougonna-t-il. Amuse-toi bien avec ta colocataire.

— Merci.

Elle acquiesça — il voyait bien qu'elle ravalait une foule de questions. Ethan était à deux doigts de rester pour y répondre mais il ne voulait pas empiéter sur sa vie. Entre son site Web, ses amis et un travail qu'elle adorait, elle n'avait pas vraiment de temps à lui consacrer. Pas autant qu'il se surprenait à le vouloir.

Alors quoi ? Il était jaloux, maintenant ? Non, décida-t-il, juste en manque de sommeil. Nadia s'était assoupie sitôt après qu'ils avaient fait l'amour et avait dormi du sommeil du juste. Lui, en revanche, s'était réveillé à l'aube. Il avait attendu pendant des heures qu'elle ouvre enfin les yeux. Il avait même été tenté — honte à lui — de la secouer pour aider un peu la nature. En la voyant si fatiguée, il s'était ravisé.

Il n'avait pas le droit de lui imposer ses diktats, ou même sa présence. Ethan savait se retirer avec tact quand il le fallait, même si la chose lui paraissait aujourd'hui étrangement difficile.

Il finit par se pencher pour l'embrasser une dernière fois avant de partir. Elle appuya ses lèvres sur les siennes un peu plus longtemps que nécessaire, une attention qui fit aussitôt monter son désir. L'alchimie sexuelle, entre eux, était bien réelle. Explosive même.

C'était tout ce qui l'intéressait chez une femme, pas vrai ?

Plus maintenant.

Ivre de frustration, Ethan décida de rentrer chez lui à pied. Il travailla de longues heures, téléphona à quelques amis, et décida de passer son samedi soir à la maison — une première !

Il l'employa à redonner vie à son blog, trop longtemps négligé.

Megan était affalée sur le canapé, l'expression rêveuse et distante. Nadia était presque surprise de ne pas l'entendre ronronner.

— C'étaient les trois plus belles semaines de ma vie, soupira-t-elle. Un véritable rêve.

Nadia se mit à rire. Trois semaines à sillonner les îles grecques avec son amoureux ? Elle voulait bien le croire !

— Mais parle-moi plutôt de toi, reprit son amie, plissant soudain ses yeux de chat.

Nadia avait tout fait pour forcer Megan à parler d'elle, mais cette dernière n'était pas stupide. Son iPad sur les genoux, elle parcourait déjà le blog d'Ethan à la recherche du moindre indice.

— Oh ! tu savais qu'il avait posté un nouveau message ce soir ?

Le cœur de Nadia bondit dans sa poitrine.

— Vraiment ?

Elle avait espéré, en secret, que c'en était fini de cette guerre virtuelle. Elle s'était même préparée mentalement à la perspective de fermer son propre blog. Un peu vite, apparemment…

En effet, Ethan avait ajouté un nouveau message.

Bon, j'avoue avoir pris du retard dans les comptes rendus de mes aventures avec MissCynique. C'est parce que la réalité est un peu plus compliquée que ce que nos blogs respectifs en laissent transparaître. Pour le moment, je veux juste faire passer un message à toutes les femmes qui me lisent. Vous voulez mieux comprendre les hommes ?

Voilà un truc pour vous.

Contrairement aux femmes, qui adorent parler et partager leurs émotions, les hommes détestent disséquer ou analyser. Nous aimons l'action. Alors laissez-nous agir. Laissez-nous nous comporter en hommes.

Nadia fronça les sourcils, perplexe. Que voulait dire ce charabia ?

— En parlant de partager, dit Megan, si tu me racontais ce qui s'est passé en mon absence ?

Mais Nadia secoua la tête. Au cours des dernières vingt-quatre heures, elle avait déjà trop donné d'elle-même — à Ethan.

Chapitre 12

Le dimanche passa sans nouvelles de lui. Ni coup de fil, ni message ou e-mail. Pas de nouvelle entrée sur son blog. Nadia décida de l'imiter et observa le silence radio le plus total, ce qui ne l'empêchait pas de penser à lui dès qu'elle avait le malheur de laisser son esprit vagabonder. Pour s'occuper, elle consacra une bonne partie de la nuit à travailler sur son site.

Le lundi matin de bonne heure, alors que Nadia finissait de se préparer, elle entendit Megan l'appeler depuis le salon.

— Il y a quelqu'un pour toi à la porte !

A 7 heures du matin ? Nadia dépassa son amie, intriguée par son expression espiègle.

Elle en comprit la raison en découvrant l'identité de leur visiteur — Ethan. Il était aussi soigné et élégant qu'à l'accoutumée, mélange de décontraction et d'assurance. Un véritable canon. Elle en resta un instant sans voix.

— Que... qu'est-ce que tu fais ici ? articula-t-elle enfin.

— J'ai pensé que je pourrais t'accompagner au boulot.

Elle remarqua pour la première fois le VTT flambant neuf appuyé contre le mur du couloir juste derrière lui.

— Mais… mon bureau est plus loin que le tien.

— Pas grave. J'ai besoin d'exercice.

— Tu es sérieux ?

— On ne peut plus sérieux.

Nadia plissa les yeux. Il était là, oui, mais pour les mauvaises raisons. Le moment était mal choisi pour en discuter — du coin de l'œil, elle voyait Megan faire mine de chercher quelque chose dans le salon pour mieux étudier Ethan.

— Je vais chercher mon sac. Attends-moi ici.

Elle referma presque complètement la porte, puis se tourna vers son amie. Megan la dévisagea bras croisés, un sourire large comme l'Australie aux lèvres.

— Oh ! Nadia. Nadia, Nadia, Nadia.

— *No comment*, d'accord ? Et, quoi que tu entendes dans les dix prochaines minutes, reste dans l'appartement, compris ?

Megan écarquilla les yeux, visiblement surprise.

— Euh, compris.

En courant, Nadia regagna sa chambre et acheva de se préparer. Quelques instants plus tard, elle sortit de leur appartement patins aux pieds, claquant la porte derrière elle. Elle regarda Ethan droit dans les yeux tout en attachant son casque.

Il avait déjà enfourché son vélo et n'attendait que son signal pour démarrer.

Nadia s'approcha de lui, puis fit la petite démonstration surprise qu'elle lui réservait.

Un hurlement épouvantable monta de nulle part et les assourdit tous les deux.

— Mais qu'est-ce que c'est que ça ? cria Ethan, regardant autour de lui.

Nadia désigna le boîtier de plastique noir coincé dans la ceinture de son caleçon.

— Une alarme, cria-t-elle en retour. Je n'ai qu'à tirer sur le cordon et voilà le résultat. Comme tu le vois, je n'ai pas besoin d'un garde du corps pour me rendre au travail. Je peux prendre soin de moi.

— Ce n'est pas pour ça que je suis venu ! hurla Ethan par-dessus le son strident.

Elle fit taire son alarme et le fusilla du regard. Il n'allait pas s'en tirer à si bon compte.

— O.K., concéda-t-il dans un soupir. Peut-être que je suis un peu là pour ça.

Nadia attendit, sourcil levé. Ethan affronta son regard en silence puis, n'y tenant plus, explosa.

— Pourquoi as-tu à ce point besoin de cataloguer les hommes ? Ta division entre les protecteurs et les prédateurs, par exemple... Ça ne te vient pas à l'idée que je puisse être un peu des deux ? Je suis sûr que tu es capable de te débrouiller seule, Nadia. Mais, même si tu étais ceinture noire de karaté et que tu te trimballais avec un bazooka, je serais inquiet en t'imaginant dans Hyde Park de si bonne heure. Qu'y a-t-il de mal à ça ? Je ne veux pas t'empêcher de le faire. Même si je le voulais, je ne pourrais sans doute pas. Mais pourquoi ne pas faire quelque chose ensemble, juste pour le plaisir ? Pourquoi as-tu ce besoin permanent d'indépendance ?

Il s'interrompit pour marmonner quelque chose qui ressemblait fort à un juron avant de reprendre sa tirade.

— Franchement, si je suis venu ce matin, c'est juste que j'ai envie de passer un peu de temps avec toi. C'est un moyen de gratter une demi-heure de plus. C'est un crime ?

— Non.

Soufflée par sa confession, Nadia se mit à patiner pour lui cacher son sourire béat.

— C'est même très bien, lui lança-t-elle par-dessus son épaule.

Elle ne put résister à l'envie de se retourner. Il souriait, si charmeur que les jambes de Nadia en flageolèrent.

C'était une matinée merveilleuse, propice à l'activité physique. Sur ses patins, elle se sentait libre, rapide comme le vent — des sensations que la présence d'Ethan semblait décupler. Il avait raison : le fait d'être ensemble magnifiait le quotidien. Et il n'était pas là pour l'empêcher de faire ce qu'elle aimait, ou parce qu'il la croyait incapable de se défendre, mais par pur plaisir. Un mélange d'adrénaline et d'impatience l'étourdit et fit monter son pouls dans des sommets.

Ethan pédalait à vive allure, étonné par la rapidité de Nadia. En sus d'être sportive, elle était incroyablement sexy. Elle portait son caleçon de Lycra, un débardeur en coton, un casque et des protections de poignets. Rien d'affriolant, rien qui soit de nature à exciter un homme — en tout cas en théorie.

Il s'était forcé, la veille, à ne pas la contacter. Le résultat ? La journée avait été une véritable torture. Ce matin, il avait cessé de lutter et était venu chez elle pour lui faire une surprise. Ce qu'il n'avait pas calculé, c'était à quel point sa compagnie l'affectait. Il avait envie d'elle comme il n'avait jamais eu envie de personne. Une petite voix lui soufflait même qu'ils pouvaient faire davantage que juste prendre du bon temps ensemble. Mais il ne savait ni quoi, ni comment faire. C'était incroyablement frustrant. Qu'était devenue son insouciance habituelle ?

Il descendit de son vélo et se plia en deux, hors d'haleine, quand ils arrivèrent enfin devant l'immeuble de Hammond.

— Je vais finir par avoir une attaque cardiaque, à faire du vélo avec toi.

Il appuya son VTT contre le mur, tentant de reprendre son souffle pendant qu'il étudiait le bâtiment de brique.

— On peut se doucher là-dedans ?

Nadia ôta son casque et secoua ses longs cheveux avant de hocher la tête.

— Oui.

— C'est ouvert aux gens de l'extérieur ?

— Non.

Presque aussitôt, une expression malicieuse traversa son regard. Elle se pencha vers lui et murmura d'une voix suggestive :

— Tu as ce qu'il faut sur toi ?

Ethan réfléchit un instant, puis s'assombrit. Comment avait-il pu sortir sans préservatif ? Mais il avait beau s'en vouloir de cet oubli, ce n'était pas pour ça qu'il était venu trouver Nadia ce matin.

Etrangement, elle parut se réjouir de son dépit.

— Il y a une salle de repos pas loin de l'entrée.

Et alors ? A quoi bon, quand il ne pouvait pas faire ce dont il rêvait ? Il la suivit néanmoins quand elle lui prit la main. Il était tout bonnement incapable de faire autrement. A cette heure matinale, le hall d'entrée était vide à l'exception d'un agent de la sécurité qui ne fit rien pour arrêter Ethan. Nadia le conduisit tout droit à la salle en question, dont elle verrouilla la porte sitôt qu'ils furent entrés. Puis elle le poussa contre le battant.

— Tu ne peux pas repartir dans un tel état, souffla-t-elle, s'attaquant à sa braguette.

— Ne t'en fais pas pour moi, grommela-t-il. Je survivrai. Vraiment, tu n'es pas obligée de...

Oh. Oh. *Oh*.

Son cœur s'arrêta lorsqu'elle tomba à genoux pour le prendre en elle. Il frémit et glissa les mains dans ses cheveux soyeux. Son crâne heurta le battant quand il renversa la tête en arrière et des lumières se mirent à danser devant ses yeux.

Sa respiration, dont il venait à peine de reprendre le contrôle, s'emballa de nouveau. Nadia était une véritable dynamo, elle lui donnait vie et énergie dès qu'il s'approchait d'elle. Tout son être, en cet instant, était infusé d'une force quasi surnaturelle. Une vitalité nouvelle courait dans ses veines, un torrent que rien ne pouvait plus arrêter.

— Nadia, gronda-t-il, tentant désespérément de la prévenir. Nadia, je vais...

Elle l'ignora. Il voulut la repousser mais il était déjà trop tard. Un plaisir intense se déversa de lui en saccades brûlantes.

Il remit Nadia sur ses pieds et la serra dans ses bras, le visage de celle-ci contre son torse, jusqu'au moment où, quelques instants plus tard, il s'avisa qu'il était peut-être en train de l'étouffer. Il voulait juste la tenir et se nourrir de cette ardeur, de cet enthousiasme qu'elle irradiait. Son cœur cognait dans sa poitrine comme un marteau sur une enclume. Il était incapable de parler ou d'articuler le moindre son. Mais ce qui lui étreignait la gorge, ce n'était pas le plaisir. C'était un sentiment bien différent, aussi vague que terrifiant.

Enfin, elle se tortilla pour se dégager de son étreinte et leva vers lui un regard pétillant. Ethan déglutit avec difficulté, si ébranlé qu'il peinait à reboutonner son pantalon.

— Je ferais bien d'aller me changer, annonça Nadia en désignant la porte contre laquelle il était toujours appuyé.

— Je veux te revoir ce soir, fit-il d'une voix pâteuse.

Elle rougit légèrement, puis acquiesça.

— Megan sera chez Sam.

— Parfait. Je passerai chez toi, alors.

Dix minutes plus tard, Nadia s'installa à son bureau après avoir pris une douche froide. Elle appela Megan pour lui demander de déménager temporairement chez Sam et d'y rester jusqu'à nouvel ordre.

Le jeudi venu, elle n'avait toujours pas appelé son amie pour lui dire que la voie était libre. Et pour cause : elle ne l'était pas ! Ethan la raccompagnait tous les soirs et lui faisait l'amour comme un possédé la porte à peine refermée. Sur le sofa. Dans la chambre. A même le mur du salon. Ils se préparaient ensuite un dîner improvisé avant de s'effondrer devant un film d'action, genre sur lequel ils s'étaient accordés après un débat passionné. Pas trop sanguinolent — pour Ethan — mais pas ennuyeux pour autant — pour Nadia. Ils parvenaient rarement à en regarder un d'une traite, l'interrompant souvent le temps d'un entracte érotique. Entre les films, la nourriture et le sexe, il leur arrivait de travailler, chacun sur son ordinateur. Jusqu'au moment où Ethan la persuadait de venir se coucher — pour dormir. Ils étaient épuisés.

— Tu travailles trop, lui dit-il un soir.

Debout derrière sa chaise, il noua ses bras autour d'elle, l'empêchant de taper.

— Tu ne peux pas continuer à ce rythme.

Il dut la sentir se raidir, parce qu'il se mit à rire.

— Enfin, tu peux si tu veux. Mais ce n'est pas très sain. C'est comme si tu avais deux jobs à plein temps.

— Je sais, marmonna Nadia. Mais ça me plaît.

— Est-ce vraiment nécessaire ? Pourquoi ne pas laisser tomber Hammond et te consacrer à plein temps à ton site ?

— Je ne vois pas comment je pourrais. Et je veux continuer chez Hammond. Je veux monter les échelons, leur prouver que je suis à la hauteur de la confiance qu'ils ont placée en moi.

— Tu es assez douée pour réussir tout ce que tu entreprends. N'importe quel idiot verrait ça. Tu n'as rien à prouver.

Cette preuve de confiance fit rougir Nadia de plaisir. Il méritait bien une petite récompense, décida-t-elle, et elle fit pivoter son siège pour lui adresser un sourire espiègle.

— Allons nous coucher.

Les jours passèrent mais Nadia refusait de penser à l'avenir. Seul comptait le présent. Elle savait qu'elle n'avait pas à s'inquiéter d'une nouvelle trahison façon Rafe Buxton. D'abord, où Ethan trouverait-il le temps ? Ils passaient chaque seconde de leur temps libre ensemble. Et puis c'était un homme honnête, loyal. Elle l'avait constaté quand elle l'avait vu avec sa famille.

Mais, vu qu'elle ne faisait pas partie de sa famille, elle préférait éviter toute discussion sur la nature de leur relation et sur son devenir. Elle savait très bien ce qu'il lui répondrait — « profitons-en tant que ça dure », ou quelque chose du genre — et ne voulait pas l'entendre. Au fond, elle avait conscience d'aller droit dans le mur. Leur histoire, pour lui, reposait uniquement sur le plaisir physique. Mais ils avaient beau faire l'amour constamment, le désir de Nadia ne diminuait pas en proportion. Au contraire, il semblait grandir. Son affection pour Ethan menaçait de se transformer en un autre sentiment, beaucoup plus dangereux, qui commençait lui aussi par la lettre A...

Son anxiété s'accrut. La fissure qui s'était ouverte en elle s'élargit, se transforma en un trou noir qui menaçait de l'engloutir. Plus grave encore : le sentiment de satiété et de satisfaction qu'elle éprouvait après avoir fait l'amour avec Ethan durait de moins en moins longtemps, la forçant à en réclamer davantage. Mais elle savait qu'il ne pouvait pas lui offrir ce que, au fond, elle désirait vraiment.

Vendredi la trouva dans un état de nerfs confinant à l'épuisement. Quelques tasses de café sucré lui permirent de tenir le coup au travail, mais elle attendait avec impatience la fin de la journée.

Puis sa supérieure directe et le supérieur de cette dernière, le big boss, la convoquèrent pour un entretien urgent. Ils lui demandèrent de fermer la porte sitôt qu'elle entra. Lorsque Nadia posa un regard interrogateur sur sa chef, celle-ci détourna les yeux. Un terrible pressentiment lui glaça le cœur. *Quelque chose n'allait pas.*

— Nous avons parcouru les comptes rendus d'activité de ces dernières semaines, annonça Big Boss tout de go. Je parle de l'activité informatique.

Nadia sentit une salive bileuse lui brûler le fond de la gorge. Elle déglutit mais le goût âcre demeura.

— Nadia, nous savons que vous avez accédé à des sites qui ne sont pas liés à votre activité professionnelle. Des réseaux sociaux et des forums, plus précisément.

— Une ou deux fois. Et très rapidement.

Juste quand Ethan l'avait appelée et qu'elle avait essayé de se soustraire au rendez-vous qu'il lui proposait. Et aussi quand elle avait voulu voir s'il avait répondu à ses provocations. Et aussi...

Bon, d'accord, plein de fois.

Les joues rouges d'embarras, elle acquiesça face à ses supérieurs silencieux.

— Vous allez me donner un avertissement ?

— Nadia, le contenu de ces sites était de nature... explicite.

Ils les avaient lus ? *Oups.* Elle comprenait mieux pourquoi sa supérieure n'osait pas la regarder. Certains commentaires, sur le site d'Ethan, étaient classés X. Nadia ne savait que trop ce que cela signifiait : faute grave, licenciement immédiat.

— Vous... vous allez me renvoyer, alors ? demanda-t-elle d'un filet de voix.

Elle connaissait déjà la réponse. Mais elle n'allait pas les laisser faire sans se battre ! Elle ne pouvait pas regarder sa carrière, sa réputation, tout ce qu'elle avait bâti couler sous ses yeux. Elle avait un poste dans la plus grosse société de la plus grosse ville du pays — chose dont personne dans sa famille ne l'aurait crue capable.

Comme elle ouvrait la bouche pour se défendre, les deux autres la devancèrent.

— Nous sommes désolés, Nadia. Vous savez que nous n'avons pas le choix.

Bien sûr, qu'elle le savait. Elle avait rédigé ces fichues règles elle-même !

— Mais comment avez-vous pu vous montrer si imprudente ? lui demanda sa supérieure quand toutes deux se retrouvèrent dans le couloir. Vous n'ignorez pas que nous avons une tolérance zéro pour ce genre de chose ?

— Oui, je sais, murmura Nadia, essuyant ses paumes moites sur sa jupe. C'est ma faute.

Elle mentait. C'était la faute d'Ethan et de personne d'autre. Ethan et sa stupide guerre virtuelle, Ethan et les rustres qui lui tenaient lieu d'amis.

Moins d'une heure plus tard, elle quittait le bâtiment et prenait un taxi, une petite boîte contenant ses maigres effets sous le bras. Elle avait tenu moins de six mois. Et, si elle ne se trouvait pas un nouveau job, elle ne pourrait plus payer son loyer, d'autant que Megan allait sans doute bientôt emménager avec Sam. Evidemment, puisqu'ils étaient amoureux.

Et elle, que faisait-elle ? Elle perdait son temps et gâchait sa vie avec un homme qui ne s'intéressait qu'à son corps. Ils étaient ensemble sans être ensemble, et ils n'étaient certainement pas amoureux. La fin de sa carrière marquait aussi la fin de leur histoire.

Tremblante de colère, elle lui envoya un texto.

Pas la peine de venir me chercher au travail. Je suis rentrée de bonne heure.

Son téléphone sonna trois secondes plus tard.

— Ça va ? Pourquoi es-tu rentrée si tôt ? demanda Ethan dès qu'elle décrocha.

— Je n'ai pas choisi, ricana-t-elle.

— Comment ça ?

— J'ai été virée.

— Quoi ?

— Faute professionnelle. « Consultation de sites inappropriés pendant les heures de travail. » Ton blog, en d'autres termes.

Il y eut un court silence au bout de la ligne.

— Où es-tu ?

— A la maison. Je ne veux pas te voir.

Mais il avait déjà raccroché.

Vingt minutes plus tard, il tambourinait à sa porte et l'appelait à travers le battant. Elle finit par céder et alla lui ouvrir. Il la dépassa pour se diriger droit vers le salon, où il étudia le carton d'affaires qu'elle avait rapporté de chez Hammond.

— Nadia...

Sa voix était douce, veloutée. Il essayait de la consoler et elle était tentée de le laisser faire. Sa colère s'était évanouie dès qu'elle avait posé les yeux sur lui. Elle voulait l'entendre dire que rien de tout cela n'avait d'importance. Qu'il était là pour elle.

Mais elle savait qu'il n'en ferait rien.

— Je n'ai pas envie de te voir, prétendit-elle.

Elle avait trop chaud, elle tremblait, et elle s'en voulait d'espérer à ce point un soutien moral qu'il ne pouvait pas lui offrir.

— Tu m'en veux ? A moi ? demanda-t-il d'une voix d'où toute douceur avait disparu.

— A qui d'autre pourrais-je en vouloir ?

A sa stupeur, elle le vit sourire.

— Laisse-moi réfléchir... A toi-même, par exemple ?

Les yeux de Nadia s'emplirent de larmes acides qui menaçaient de déborder. Elle lui tourna aussitôt le dos pour les cacher.

— Nadia...

Deux mains lui enveloppèrent les épaules. D'un mouvement brusque, elle se dégagea.

— Je te déteste.

— Non, tu ne me détestes pas. Ce que tu détestes, c'est à quel point tu me désires.

Elle hoqueta, stupéfaite. Parce que ce désir n'était pas mutuel, c'était ça ? C'était exactement ce qu'elle avait redouté.

— Tu es le type le plus arrogant que j'aie jamais rencontré.

Il avança vers elle, les yeux brûlant comme des soleils. Déterminée à ne pas céder, Nadia ne bougea pas.

— Tu penses pouvoir tout arranger par le sexe ? Une bonne galipette et au revoir ?

Bien sûr, elle en mourait d'envie, sans doute même plus que lui. La différence, c'était qu'elle ne voulait pas que ça. Les doutes et le stress de la semaine s'agrégèrent et firent danser la pièce devant ses yeux.

— Non, répondit simplement Ethan. Ce n'est pas ce que je pense. Ce que je pense, c'est que ton renvoi n'est peut-être pas une catastrophe.

— Pas une… ?

Elle s'interrompit, s'étranglant presque d'indignation.

— Bien sûr que si, c'est une catastrophe ! Tu as ruiné ma vie ! Je suppose que tu es satisfait ?

— Nadia, sois honnête. Ce travail ne te plaisait pas. Tu l'as pris pour prouver que tu en étais capable, à des gens assez stupides pour ne pas s'en rendre compte.

La gravité soudaine du visage d'Ethan avait quelque chose de magnétique. Malgré elle, Nadia tendit l'oreille.

— Ton job n'est pas épanouissant et tu le sais. Tu perds ton temps là-bas. Tu y mets tout ton cœur, parce que tu es incapable de faire les choses à moitié, mais tu préférerais t'occuper autrement. Tu es juste trop peureuse pour essayer. Tu as peur de l'échec. C'est pour ça que tu n'as jamais révélé ton identité sur *1FemmeAvertie*. Tu es lâche.

Ne se rendait-il pas compte du mal qu'il lui faisait en disant cela ? Et pourquoi n'acceptait-il pas sa part de responsabilité dans ce désastre ? Elle voulait le voir souffrir autant qu'elle. Elle voulait qu'il s'excuse, qu'il lui prouve à quel point elle comptait à ses yeux, sans recourir au sexe. Mais c'était impossible. Après tout, peut-être qu'elle n'était pas aussi indépendante qu'elle le croyait. Elle avait bel et bien besoin d'être protégée — d'elle-même !

— Tu me traites de lâche, toi ? hurla-t-elle. Toi, l'homme qui ne prend jamais le moindre risque ? Toi qui ne navigues qu'en eaux calmes, qui évites le conflit en fermant la porte à tout sentiment ?

Elle le vit tressaillir. Touché ! Tel un taureau furieux, Nadia repartit à la charge.

— Tu ne sors jamais avec une femme assez longtemps pour la connaître. Tu n'accordes ta confiance à personne et tu ne t'investis pas. Tu passes d'une fille à l'autre en t'assurant juste que la précédente ne te déteste pas trop. Tu m'accuses d'être obsédée par mon site, mais c'est mieux que d'être obsédé par soi-même et de mépriser le reste du monde. Tu imagines le nombre de femmes que tu as laissées dans ton sillage, qui se demandent ce qu'elles ont fait de mal ? Tu crois qu'un bouquet arrange tout ?

— Elles n'ont rien fait de mal ! s'emporta Ethan, élevant la voix à son tour. Mais je t'ai déjà dit que je n'aimais ni les scènes, ni les complications !

— Dis plutôt que tu as peur de t'engager, et que tu détales avant qu'on puisse te le demander. Tu ne vaux pas mieux que ton père.

— Je n'ai rien à voir avec mon père ! Je n'ai jamais trompé personne !

— Mais tu fais souffrir les femmes. Je suis bien placée pour le savoir.

— Tu crois que je ne m'en rends pas compte ? Tu crois que je n'ai pas pris conscience de certaines choses ces derniers temps ? Accorde-moi un peu de crédit, Nadia.

— Pourquoi ? Je suis dans la mouise jusqu'au cou et tu ne veux même pas reconnaître que tu en es partiellement responsable.

Ethan secoua la tête, puis leva les mains en un geste de pure frustration.

— Qu'est-ce que tu attends de moi, au juste ? Je suis là, non ? J'ai été là toute la semaine. Ça compte pour du beurre ?

— Tu étais là pour quoi, au juste ? Pourquoi es-tu venu aujourd'hui ? C'est ça, la vraie question. Et nous connaissons tous deux la réponse.

— La réponse n'a jamais eu l'air de te déplaire, riposta-t-il. Je dirais même que tu es insatiable.

— J'ai simplement tenté de faire les choses à ta façon. De vivre sans me soucier du lendemain.

— Sans te soucier du lendemain ? Tu plaisantes, je suppose ? Tu es paralysée par la peur. Tu es tout aussi incapable que moi de faire confiance à quiconque. Mais la personne dont tu te méfies le plus au monde, c'est toi. Tu manques tellement d'assurance que tu ne peux même pas accepter qu'un type remette un fusible en marche à ta place !

A ces mots, Nadia jeta ses dernières forces dans la bataille — et sa pire insulte.

— Moi, au moins, je me soucie des gens qui

m’entourent. Je ne serai jamais comme toi, un fantôme qui traverse l’existence sans jamais toucher personne, se contentant d’un plaisir bon marché !

Ethan se figea. Ses pupilles avaient viré au noir et semblaient dévorer ses yeux.

— C’est donc ce que nous partageons à tes yeux ? demanda-t-il enfin. Du plaisir bon marché ?

— Et c’est encore trop flatteur, riposta-t-elle, laissant la colère la faire basculer dans l’exagération pure. Je ne te demande qu’une chose, maintenant : sors de ma vie et ne reviens plus jamais.

Chapitre 13

Le but de ce blog était de donner une leçon aux femmes. Ironie du sort, si quelqu'un avait besoin d'une leçon, c'est bien votre serviteur. Mesdames, vous pouvez vous réjouir — M. « Trois Rencards et Bye-Bye » a pris la claque qu'il méritait.

Elle a rompu avec moi, et c'est l'enfer.

Ethan fixa les caractères noirs qui scintillaient sur l'écran, si longtemps qu'ils se mirent à danser devant ses yeux. Il avait mal partout. Sa vie était un échec total et il ne savait pas comment la remettre sur les rails. Depuis sa rencontre avec Nadia, rien ne s'était passé comme prévu. Il était frustré, irrité, déboussolé, et ces sentiments se mélangeaient en un sac de nœuds auquel il ne comprenait plus rien.

Apparemment, elle n'avait pas saisi le message qu'il avait publié sur son blog l'autre jour, celui où il lui demandait de juger un homme sur ses actions. Il ne pouvait pas vraiment lui en vouloir d'avoir manqué le sens profond de ce qu'il voulait exprimer — il n'était pas sûr de le savoir lui-même. Il avait l'impression d'avancer dans le noir, à tâtons. Mais au moins il avait essayé d'aller plus loin avec elle qu'avec aucune autre femme. Il lui avait consacré chaque instant de son temps libre, n'était-ce pas un signe ? Que voulait-elle de plus ? Ne voyait-elle pas qu'il ne jouait plus ? Que l'aspect physique de leur relation était un bonus, pas son but ultime ?

Pour Nadia, en revanche, leur histoire n'avait été qu'une passade, un plaisir coupable. Elle semblait vouer plus d'intérêt à son site internet qu'à lui. Pourquoi ? Etait-il si moralement répugnant qu'aucune femme ne l'aimerait jamais ?

Au fond, c'était ce qu'il avait toujours redouté. Nadia avait appris à le connaître, ces derniers jours, et elle avait été déçue. Comme elle l'avait écrit sur son blog, elle n'avait rien trouvé derrière la façade — que du vide.

Depuis son adolescence, Ethan se battait pour s'assurer que personne d'autre — après la trahison de son père — ne l'abandonnerait plus jamais. Il était devenu un fils et un frère modèle. Avec les femmes aussi, il était charmant. Il les quittait juste avant qu'elles puissent le faire elles-mêmes.

Sauf que, dans le cas de Nadia, cette routine éprouvée avait déraillé. Rien ne s'était passé comme prévu. Ce qui avait commencé comme un défi avait pris, peu à peu, une importance démesurée dans sa vie.

Il avait beau ressasser les événements, il ne comprenait pas bien ce qui s'était passé lors de leur dernière entrevue. Ebranlé par la tristesse évidente dans ses grands yeux verts, il avait simplement voulu la serrer dans ses bras et la consoler. S'était-il montré trop sensuel ? Quand elle l'avait repoussé et attaqué avec une telle virulence, il n'avait pu contrôler sa colère. Il avait riposté avec une violence aveugle, prononcé des mots qu'il regrettait. A son tour, elle lui avait dit sans fard ce qu'elle pensait de lui — impossible d'être plus claire.

Pour la première fois de sa vie, Ethan avait été plaqué par une femme. Et il en souffrait d'autant plus qu'il avait offert davantage à cette femme-là qu'à toutes celles qui l'avaient précédée. A sa façon — un peu maladroite peut-être —, il s'était livré tout entier. Mais il avait apparemment si peu à offrir qu'elle ne s'en était pas aperçue.

Il continua d'étudier les mots qu'il venait de taper sur l'écran de son ordinateur. Ils semblaient se moquer de lui. Oh, et puis, à quoi bon ? Nadia ne croyait même pas en lui. Alors, de belles paroles…

Après une dernière hésitation, il appuya sur la touche « effacer », une fois, dix fois, cent fois, jusqu'à fixer un écran vide.

Recroquevillée dans son fauteuil, Nadia serrait ses genoux contre sa poitrine et lisait, pour la centième fois, les messages qu'Ethan avait publiés sur son blog une semaine auparavant pour la provoquer. Il n'y avait plus la moindre activité sur son site depuis. Il l'avait sans doute déjà oubliée.

Leur relation s'était construite sur du sable. A la

première tempête, les murs s'étaient effondrés. Si ce désastre lui avait appris quelque chose, c'était qu'elle n'était pas faite pour les histoires sans lendemain. Ah, et aussi qu'elle ne pouvait pas faire confiance à son propre jugement puisque, après Rafe, c'était le deuxième échec de sa courte carrière sentimentale.

Un son la prévint de l'arrivée d'e-mails et elle se pencha sur son écran pour les consulter. Il y avait de nouveaux messages sur *1FemmeAvertie* — tant pis, ils attendraient. Puis elle tressaillit et se redressa sur sa chaise en avisant deux e-mails noyés dans la masse. Une bouffée d'adrénaline l'électrisa.

DameCafeine et, un peu plus loin, *MinnieM* — deux des femmes qui avaient lancé le sujet de départ consacré à Ethan. Elles avaient enfin répondu à la bouteille à la mer qu'elle avait lancée le soir où ce dernier lui avait posé un lapin. Elle hésita, le cœur battant à cent à l'heure. Elle ouvrit le premier message.

Grosse déception. Son auteur répétait les mêmes accusations acerbes qu'elle avait publiées sur le site. Pas de nouveaux détails, encore moins de réponse aux questions précises de Nadia. Elle fronça les sourcils et ouvrit le second courrier.

Même chose. Mais à quoi s'était-elle attendue ? A se faire de nouvelles amies sous prétexte qu'elles avaient été larguées par le même homme ? Elle fixa l'écran un long moment, songeuse, regardant d'un air absent le détail des deux e-mails — heure d'envoi, date, nom, adresse...

Oh non...

Mue par un pressentiment, Nadia revint au message de *DameCafeine*. Un frisson glacial lui courut le long de l'échine. *MinnieM*, *DameCafeine*... Une recherche rapide dans les statistiques du site confirma sa terrible intuition. Impossible de s'y tromper : l'adresse IP était la même. Les deux identités cachaient la même personne.

Nadia enfouit son visage dans ses mains. Les ramifications de cette découverte résonnaient en elle tel un écho infernal. Elle s'était montrée stupide. Naïve. Imprudente.

Elle repensa à sa première entrevue avec Ethan. Il lui avait dit — elle s'en rappelait comme si c'était hier — que son site était la porte ouverte à toutes sortes d'abus. Elle l'avait nié farouchement. Pourtant, il avait eu raison.

Et tout ce qu'elle avait fait depuis, c'était lui crier dessus ou l'accabler de reproches. Elle l'avait blessé. Tout ça pour quoi ? Parce qu'elle lui en voulait de ne pas lui retourner les sentiments qu'elle éprouvait pour lui.

Mais ça, c'était son problème, pas celui d'Ethan. Elle l'avait traité d'une façon inadmissible. Il ne méritait sans doute pas davantage les accusations de cette inconnue. Bon sang... Elle devait le lui dire. Elle devait aller le trouver et lui présenter ses excuses.

Et elle devait le faire maintenant.

En trois clics de souris, Ethan effaça l'intégralité de son blog. Après tout, c'était en partie à cause de lui que Nadia avait perdu son emploi. Jamais il n'avait eu l'intention de lui faire du mal. Bien sûr, il avait voulu lui donner une leçon, mais pas détruire sa vie entière.

C'était l'arroseur arrosé. La leçon, c'était lui qui l'avait reçue. Nadia l'avait forcé à reconsidérer sa propre existence et il n'aimait pas ce qu'il avait découvert. Tout ce qu'il voulait, désormais, c'était la reconquérir. Elle s'était si profondément immiscée en lui qu'il n'arrivait plus à la déloger. C'était bien la première fois qu'une telle chose lui arrivait.

Lui envoyer des fleurs ? Hmm, mauvaise idée. Il n'avait pas le choix : il devait devenir l'homme idéal de Nadia. Un homme qui n'avait pas peur de prendre des risques, de s'engager. Un homme qui avait le cœur sur la main.

Très bien. Il allait prendre des risques. Il allait mettre sa tête sur le billot.

Une demi-heure plus tard, il frappait à sa porte. Il n'était pas trop tard, se répéta-t-il. La connaissant, elle était encore debout.

Une jeune femme vint lui ouvrir, mais pas celle qu'il espérait — il s'agissait de sa colocataire.

— Megan, si je me souviens bien, c'est ça ?

Si l'intéressée fut surprise de le voir, elle n'en montra rien. Elle acquiesça sans se donner la peine de sourire.

— Elle n'est pas là, annonça-t-elle avant même qu'il puisse rouvrir la bouche.

Ethan sentit son estomac plonger. Un affreux pressentiment, celui d'arriver trop tard, lui coupa les jambes.

— Où est-elle ?

— Elle est partie vous voir.

Ouf. Ethan se redressa, sa faiblesse passagère se dissipant déjà.

— Chez moi ?

C'est tout juste s'il la vit acquiescer — déjà, il courait dans la rue pour rattraper son taxi au feu rouge. Une fois monté à bord, il ordonna au chauffeur d'écraser l'accélérateur et de le ramener chez lui.

Il trouva Nadia qui arpentait la petite allée menant à sa porte, l'air indécis. Il ignorait si elle avait déjà toqué ou non, mais elle paraissait sur le point de détaler. Il s'avança donc vers elle, lui prit la main et l'entraîna, se servant sans vergogne de sa supériorité physique. Il s'aperçut aussitôt que ce n'était pas nécessaire — elle le suivait docilement et le devança même sur les derniers mètres.

Il ne parla qu'une fois à l'intérieur, quand il fut certain qu'elle n'allait pas décamper. Elle avait mauvaise mine et une bouffée de panique étrangla Ethan.

— Tu vas bien ?

— Je suis désolée de te déranger, dit-elle d'un ton d'automate. Tu as une minute ?

— Qu'est-ce qui se passe ?

Il voulait savoir. Maintenant. Car elle n'était pas venue pour renouer avec lui, c'était évident. Elle était pâle et tremblante, à croire que le ciel venait de lui tomber sur la tête.

Elle se mordilla la lèvre, hésitante, puis annonça :

— J'ai fait des recherches. Des recherches que j'aurais dû entreprendre bien plus tôt.

Elle s'interrompit pour laisser une larme solitaire rouler le long de sa joue. L'inquiétude d'Ethan monta d'un cran.

— Mais quelles recherches ?

Il luttait de toutes ses forces pour garder ses distances et ne pas la prendre dans ses bras. Cette fois, il devait l'écouter. Et quand son tour viendrait, là seulement, parler.

— J'ai envoyé un e-mail aux femmes qui ont lancé le sujet « Trois Rencards et Bye-Bye ».

Il se figea et baissa les yeux pour fixer un point au sol, le temps d'enregistrer l'information. Il ne s'était pas attendu à ça. Mais alors pas du tout.

— C'était le soir où je pensais que tu m'avais plantée, ajouta-t-elle en hâte. J'étais en colère contre toi.

— Et elles ont répondu ? demanda-t-il avec un calme qu'il était loin de ressentir.

La voix de Nadia se brisa.

— Elle a répondu. Il n'y en avait qu'une. Depuis le début. Tous les messages ont été rédigés par une seule et même personne. J'ai vérifié, ça colle.

Ethan n'arrivait toujours pas à la regarder. La voir souffrir à ce point était au-dessus de ses forces. S'il posait les yeux sur elle, il ne pourrait pas résister à l'envie de la prendre dans ses bras. Et il ne voulait pas tout gâcher.

— Bref, je suis venue te dire que tu avais raison.

Elle avait parlé d'une voix si basse qu'il l'entendit à peine. Il se fourra les mains dans les poches, ému par la détresse qui émanait d'elle.

— Combien d'autres menteuses y a-t-il sur mon site ? Combien de faussaires qui lancent des accusations infondées ?

Elle n'attendait apparemment pas de réponse car elle enchaîna aussitôt :

— J'y ai cru. J'y ai vraiment cru.

— Je sais.

— Je suis navrée, Ethan. J'ai déjà supprimé le sujet. Et je vais fermer mon site. Il faut juste que j'en prévienne les membres. Ceux qui existent, en tout cas.

Elle était brisée. Une semaine plus tôt, il aurait sauté en l'air, dansé et crié victoire.

Jamais il n'avait eu moins envie de danser qu'en cet instant.

— Je ne veux pas que tu fermes ton site.

Nadia était une véritable idéaliste, toujours prête à faire confiance — sauf à un homme comme lui, bien sûr. Elle croyait pouvoir rendre le monde meilleur. A sa grande surprise, Ethan avait découvert qu'elle en était capable. Mais son idéalisme était aussi une faiblesse, en ce qu'il la rendait vulnérable.

— Ne ferme pas ton site, répéta-t-il.

— Je n'ai pas le choix. Cet incident est révélateur. *1FemmeAvertie* ne vaut rien.

— Détrompe-toi. Je ne te laisserai pas tout gâcher pour si peu. Rappelle-toi que j'ai lu certains des e-mails que tu reçois. Et je suis sûr que tes dossiers en sont pleins. Tu aides beaucoup de femmes. Ce n'est pas parce qu'une tarée a abusé du système que tu dois punir toutes les autres en fermant ton site. De la même manière que tu ne devrais pas te méfier des hommes sous prétexte qu'un imbécile t'a fait souffrir autrefois.

— Mais la première victime de cette tarée, c'est toi. Elle t'a calomnié.

— Et c'est pire ? demanda-t-il d'une voix aussi douce que la sienne.

— Oui.

Le cœur d'Ethan cognait follement, ses yeux piquaient comme s'il avait des grains de sable sous les paupières. Il serra les poings dans ses poches, déterminé à s'exprimer autrement que par le geste.

— Nadia, tout ce qui a été dit sur ton site à mon sujet était vrai.

— Non.

— Si, insista-t-il. Et je crois que c'est ce qui m'a mis à ce point en colère quand je l'ai lu la première fois. Va savoir si je suis vraiment sorti avec cette fille. Peu importe. Le fait est qu'elle a raison. Je suis… J'étais superficiel. Et arrogant.

Il s'interrompit, le temps de lâcher un rire amer et de reprendre son souffle.

— Tu avais raison, toi aussi. Je me suis contenté pendant longtemps d'une vie tranquille, d'où tout risque était absent. Je fuyais les relations parce que je ne voulais pas y mettre l'énergie qu'elles requièrent. J'avais peur de finir comme mon père, de négliger les femmes à force de trop travailler, ou de me montrer infidèle. Je me suis dit que j'étais quelqu'un de bien sous prétexte que je n'étais jamais sorti avec deux femmes en même temps, que je n'avais jamais un mot plus haut que l'autre. Au fond, je n'étais pas si différent de mon père... Je profitais des femmes autant que lui, juste d'une autre façon. Je me servais d'elles tout en me répétant que je ne faisais de mal à personne.

Il hésita, faillit redresser la tête mais se ravisa. Il ne pouvait pas la regarder — pas maintenant. Il ne supporterait pas le mépris qu'il lirait à coup sûr dans son regard.

— Tu veux savoir le pire, Nadia ? Tu veux savoir pourquoi je refusais de sortir plus de trois fois avec la même femme ? Parce que je ne voulais pas souffrir. Tu sais, mon père est parti et... et je me demande toujours pourquoi. Pourquoi il ne voulait plus de nous. Pourquoi je n'ai jamais pu mériter son affection, ou simplement retenir son attention. Je ne suis plus un gamin, je sais que ce n'est pas aussi simple que ça. Mais c'est ce que je ressentais, profondément. J'avais peur d'être abandonné. Je ne voulais plus jamais ressentir cela. Je ne voulais pas donner ce pouvoir à quelqu'un d'autre. Puis je t'ai rencontrée et tout a changé. Tu m'as fait désirer ce dont je m'étais méfié toute ma vie.

Nadia fit un pas vers lui, émue. Elle mourait d'envie de le toucher mais il avait les yeux rivés au sol et les épaules voûtées, en une attitude de repli presque intimidante.

— Ethan...

— N'approche pas. Si je te touche maintenant, je ne te dirai jamais ce que j'ai à te dire. Je suis désolé, je...

— Tu n'es pas comme ton père, coupa Nadia. Tu es un fils, un frère, un oncle merveilleux. Tu es loyal, honnête. On peut compter sur toi. Tu sais comment redonner le sourire aux gens et soigner les petites blessures de la vie. Tu es le soleil de ta famille, Ethan, et ce n'est pas rien. C'est moi qui suis désolée. Je n'aurais pas dû t'accuser d'être superficiel. Je n'en pensais pas un mot.

Ethan continua de regarder par terre, le cœur lourd.

— Je n'ai jamais ressenti ce que j'éprouve pour toi, murmura-t-il. Pour personne. Et je ne parle pas de sexe.

Nadia se figea. Avait-elle bien entendu ? Un picotement familier la parcourut et lui donna la chair de poule. Très lentement, Ethan redressa la tête. Ses biceps gonflèrent dans son T-shirt, comme s'il bandait tous ses muscles en prévision d'un effort.

— Je t'admire, Nadia. Tu te donnes tout entière à ce que tu entreprends. Bien sûr, il t'arrive de faire une erreur de temps à autre, et alors ? Tu déplaces des montagnes. Je veux être comme toi. Je veux partager cette énergie.

Soudain, il sortit les mains de ses poches et avança vers elle.

— Mais j'ai parfois l'impression que tu n'as besoin de personne, ajouta-t-il dans un souffle. Que tu es déterminée à avancer toute seule dans la vie.

Nadia le fixa sans ciller, médusée. Etait-ce vraiment ce qu'il s'imaginait ?

— Tu as besoin de quelqu'un, reprit-il avant qu'elle puisse protester. De moi. Pour t'aimer. Je t'aime, Nadia.

Cette fois, elle n'essaya pas de retenir ses larmes. Mais elle secoua la tête.

— Non.

Elle savait que c'était impossible. Il ne pouvait pas l'aimer.

Ethan s'assombrit et la prit par les épaules pour la secouer légèrement, comme s'il essayait de la réveiller.

— Je t'en prie. Crois en moi. En toi. En nous. Je sais que tu en es capable, que tu en as le courage. Fais-moi confiance.

— Mais je me suis montrée horrible envers toi. Injuste. Comment pourrais-tu éprouver quoi que ce soit pour moi ?

Le désespoir, sur le visage d'Ethan, parut s'adoucir. La morsure de ses doigts sur les épaules de Nadia aussi.

— C'est vrai, il y a peut-être eu deux ou trois occasions où j'ai eu envie de t'arracher les yeux, mais ça ne change rien au fait que je t'aime et que je t'aimerai toujours.

Nadia était incapable de parler — des émotions grosses comme une montagne lui bloquaient la respiration. Elle n'arrivait pas non plus à réfléchir. Elle ne pouvait que se laisser envahir par une merveilleuse sensation de chaleur.

— *1FemmeAvertie* est un site indispensable. Il te suffit juste de le modérer de façon un peu plus stricte. Au lieu de le supprimer, améliore-le. Et laisse-moi t'y aider. Pas parce que je pense que tu es incapable de le faire seule, mais parce que j'en ai envie. Je veux être là à tes côtés. Te soutenir.

Nadia sourit. L'étau qui lui serrait la gorge se relâcha doucement.

— Tu veux t'impliquer dans *1FemmeAvertie* ? Toi ?

— Oui. Parce que je sais l'importance que ce site a pour toi. Et j'ai quelques idées. Peu importe ce que ces femmes pensent de moi. Tout ce qui compte, c'est ce que toi tu penses, acheva-t-il d'un ton presque hésitant.

Nadia eut l'impression qu'un arc-en-ciel s'épanouissait en elle, emplissait sa vie de lumière, de couleurs — et, oui, de courage. Le courage, enfin, de se battre pour ce en quoi elle croyait.

— Ethan, tu sais très bien ce que je pense de toi. Tu es mon soleil, l'air que je respire. Tu es tout pour moi. Je t'aime.

Il sourit, mais une expression d'angoisse brûlait toujours dans ses yeux.

— Vraiment ?

— Je ne vois pas pourquoi tu as tant de mal à le croire.

Elle fit courir ses doigts sur son torse et ajouta dans un souffle :

— Mais je suis disposée à te le prouver.

Aussitôt, la main d'Ethan couvrit la sienne et l'arrêta dans son mouvement.

— Je ne veux pas que tu t'imagines que notre relation repose sur le sexe. Je veux dire, je n'ai jamais pris autant de plaisir avec une femme, c'est vrai, mais il y a bien davantage que...

Nadia posa un doigt sur ses lèvres pour le faire taire.

— Je le sais. Fais-moi l'amour, Ethan. Montre-moi ta chambre.

— Je croyais que... Que tu ne voulais pas...

Sa chambre. Oui, elle se rappelait, à présent. Elle avait refusé tout net d'y monter la dernière fois qu'elle était venue.

— Ces femmes appartiennent à ton passé, répondit-elle. Même si ça ne me fait pas plaisir, je l'accepte. De la même façon que tu as fait la paix avec *1FemmeAvertie*.

— Contrairement à ce que tu crois, il n'y a pas tant d'encoches que ça sur ma tête de lit. Tu me prêtes un tableau de chasse plus impressionnant qu'il ne l'est.

Le regard d'Ethan se mit à briller, malicieux, comme il ajoutait :

— Et puis j'ai acheté un nouveau lit la semaine dernière.

— Je vois. Une façon pour toi de tourner la page ?

— Exactement.

— Je serai donc la première femme dans ce lit ?

— Et la dernière.

Lorsque Ethan la souleva, elle noua aussitôt ses jambes autour de sa taille. Ils s'embrassèrent fébrilement, se déshabillèrent avec passion. Mais quand ils s'allongèrent enfin sur son matelas, d'instinct, ils ralentirent l'allure. Ils firent l'amour d'une façon toute simple, face à face, dans les bras l'un de l'autre. A l'apogée de leur étreinte, Nadia serra les jambes autour de lui pour l'emprisonner en elle. L'espace d'un instant, ils ne furent plus qu'un seul être.

— Je t'aime, répéta-t-il.

Elle lui répondit, encore et encore, jusqu'à être emportée par un plaisir inouï. Enfin, elle posa la tête sur son torse, épuisée et heureuse.

— Et si tu m'invitais à sortir ? suggéra-t-elle tout à coup. Nous pourrions aller danser.

— Je n'ai pas l'intention de « sortir » avec toi, si tu entends par là un rendez-vous galant. Nous avons dépassé ce stade. Nous sommes en couple.

— V... Vraiment ?

— Tu es la femme de ma vie, Nadia. Je ferai tout pour te le prouver. Je suis prêt à m'engager.

Elle plaqua sa main sur sa bouche pour étouffer un gloussement d'incrédulité — et d'excitation. Car elle ne doutait plus de sa sincérité.

Ethan lui agrippa le poignet pour découvrir ses lèvres et embrasser son sourire.

— Dès l'instant où nous nous sommes rencontrés, nous avons su que nous finirions au lit, dit-il d'une voix rauque. Ce que nous ne savions pas, c'est que nous resterions ensemble jusqu'à la fin de nos jours.

— Au lit ?

Ethan leva les yeux au ciel.

— Et c'est moi que tu accuses de ne penser qu'à ça ?

Mais il lui saisit les hanches à pleines mains pour l'attirer contre lui et lui montrer que, oui, il y pensait déjà de nouveau…

Nadia referma ses bras autour de son cou et le serra de toutes ses forces, presque étourdie de bonheur. La joie l'envahissait, menaçait de déborder. Par ses actions et par ses paroles, Ethan lui donnait la confiance et l'optimisme dont elle avait toujours manqué. Elle comprenait seulement maintenant qu'il avait toujours été là pour elle. Dès leur rencontre, il l'avait provoquée et encouragée, attaquée et consolée, il l'avait fait pleurer et il l'avait fait rire. Il avait été à ses côtés, à chaque instant. Avec lui, Nadia se sentait capable de conquérir le monde.

Il était sien, et elle était sienne.

— Je ne te décevrai pas, murmura-t-il au même moment, posant sur elle un regard fervent.

Emue, elle encadra son visage des deux mains.

— Je sais. Moi non plus, je ne te décevrai pas. Et, quoi que nous réserve l'avenir, nous allons profiter de la vie.

Il sourit, plus séduisant et charmeur que jamais.

— Quoi que nous réserve l'avenir, nous serons deux pour l'accueillir.

Sujet : 1HommeEt1Femme !

Je suis Nadia Keenan, anciennement MissCynique sur 1FemmeAvertie. Je sais que vous étiez toutes impatientes de découvrir le nouveau look de notre site, je suis donc ravie de vous le dévoiler aujourd'hui.

Mais, d'abord, je suppose que vous avez remarqué notre changement de nom ?

J'ai abandonné l'ancien en même temps que mon pseudonyme. Je ne suis plus cynique. L'ai-je jamais été, d'ailleurs ? C'était juste une façon de me protéger, je l'ai compris ces dernières semaines. D'ailleurs, j'ai encore beaucoup à apprendre, et je suis sûre que je ne suis pas la seule. Alors pourquoi ne pas le faire ensemble ?

Bienvenue donc sur 1HommeEt1Femme. J'espère que le nouveau format vous plaît, je pense que l'interface est très réussie et que vous retrouverez facilement vos repères. Nous y avons incorporé nombre de vos suggestions auxquelles nous avons ajouté quelques idées de notre cru. Le formulaire d'inscription est juste un peu plus détaillé qu'avant, mais je pense que ça vaut la peine d'y consacrer cinq secondes de plus. Et rappelez-vous que votre vie privée est au cœur de nos préoccupations — nous ne vendrons ou partagerons jamais vos données personnelles.

Parmi les innovations, notre page Boutique. Vous pourrez y acheter nos T-shirts, vous y trouverez également une petite alarme très facilement dissimulable dans un sac à main, ainsi que plein d'autres gadgets utiles — ou juste fun !

Nous vous offrons aussi une nouvelle section où poster vos idées, conseils de restaurants ou destinations romantiques, et une section où partager vos plus grandes réussites. Vous pouvez d'ores et déjà y découvrir une réjouissante histoire d'amour. Vous en avez peut-être déjà entendu parler — tout avait commencé par une guerre entre blogs... LOL !

Chercher l'âme sœur peut être une expérience merveilleuse... ou douloureuse. Parfois, les choses ne tournent pas comme nous l'espérons. Alors écoutons, partageons, et allons de l'avant. Apprenons de nos erreurs pour ne pas les reproduire. Notre site est là pour ça.

A toutes celles qui l'ont réclamé — M. « 3 Rencards » a accepté de publier régulièrement un billet d'humeur afin de nous donner le point de vue du côté obscur de la Force ! Je sais que ses opinions sont devenues populaires auprès de nos lectrices.

Et, puisque vous voulez tout savoir, lui et moi en sommes à notre 128e rendez-vous. Eh oui, trois mois déjà se sont écoulés depuis notre désastreuse soirée au cinéma. Ethan insiste même pour dire que nous sommes un couple. Pour le prouver, il m'a offert un énorme diamant !

Je lui réponds que nous nous contentons de nous voir sans nous préoccuper du lendemain, parce que comment pourrais-je diriger un site consacré à la séduction et aux rencontres amoureuses si j'étais casée ?

Bon, je l'avoue pour calmer ses angoisses, j'ai bien l'intention de le voir tous les matins en me réveillant jusqu'à la fin de mes jours…

La morale de l'histoire ? La fille la plus échaudée et le play-boy le plus éhonté peuvent trouver le bonheur et changer du tout au tout. Il faut juste tomber sur la bonne personne. Mais elle existe. Elle est là, quelque part. Elle vous attend.

Mais cette personne, vous risquez de la rencontrer au moment où vous vous y attendez le moins. Alors sortez, dansez, prenez la vie à bras-le-corps — tout en exerçant un minimum de prudence, bien sûr. Laissez le destin vous guider. Et, dans les moments difficiles, rappelez-vous que nous sommes toutes là pour nous entraider, nous écouter, pour rire et pour pleurer ensemble.

Messieurs, nous voilà !

Affectueusement, Nadia.

Composé et édité par HarperCollins France.

Achevé d'imprimer en avril 2019.

CPI
BLACK PRINT

Barcelone

Dépôt légal : mai 2019.

FSC
www.fsc.org
MIXTE
Papier issu de sources responsables
FSC® C108412

Pour limiter l'empreinte environnementale de ses livres, HarperCollins France s'engage à n'utiliser que du papier fabriqué à partir de bois provenant de forêts gérées durablement et de manière responsable.

Imprimé en Espagne.